Christian Hug

Ich meinti

Die 40 noch besseren besten Kolumnen aus der Nidwaldner Zeitung

www.christian-hug.ch

Leben mit Reiskochern

S eit einer Woche gibt es bei uns jeden zweiten Tag Reis. Das heisst: frischen Reis. Jeden anderen zweiten Tag gibt es nämlich aufgewärmten Reis, weshalb man getrost sagen kann, dass mein Schatz und ich uns seit einer Woche so gut wie nur von Reis ernähren. Endlich hat uns nämlich der Postbote den Reiskocher gebracht, den ich bei der Coop-Superpunkt-Prämien-Versandstelle bestellt habe. Ein Topf so gross, dass die kochbare Mindestmenge für zwei Tage reicht.

18'000 Superpunkte ist das Teil wert, dafür habe ich oft an der Coop-Kasse meine Supercard zum Scannen hingehalten. Und jedes Mal löste das Piepsen des Scanners ein Glücksgefühl in mir aus. Ich gebe es ja zu: Ich bin ein Superpunkt-Sammler. Leidenschaftlich. Superpunkte wecken beim Einkaufen im Coop nicht nur den Sammler, sondern den Jäger in mir: 200 Extrapunkte für einen Duobeutel Schokoladencreme? – Vier Pakete einkaufen! 800 Punkte gewonnen. Schritt für Schritt kam ich so meinem Ziel, dem Reiskocher, näher, und jetzt, wo er endlich da ist, denke ich nur noch in Reiskochern. Mein Freund Michel zum Beispiel, der hat vorgestern für 400 Franken Wein eingekauft und prompt vergessen, meine Supercard, die ich ihm extra mitgegeben hatte, vorzuzeigen. So gingen mir 400 Punkte durch die Lappen, das entspricht 2 Prozent eines Reiskochers, und sofort hatte ich das Gefühl, um diese 2 Prozent nicht mehr satt zu werden. Man könnte sagen, das Dessert, zum Beispiel ein chinesischer Reispudding, fehlte plötzlich.

Ganz schlimm war es gestern. Da stand eine Frau vor mir in der Schlange an der Kasse mit einer Nähmaschine. Die gibts noch gar nicht als Superpunkt-Prämie, deshalb musste sie sich eine mit echtem Geld kaufen, dachte ich im Stillen. Ich bedauerte sie ein wenig. Immerhin: Die Nähmaschine kostete 334 Franken, das würde sie um genau diese Summe einem Reiskocher näher bringen. Zu meinem grenzenlosen Erstaunen besass die Frau aber gar keine Supercard, denn sie antwortete mit einem klar verständlichen Nein, als sie von der Kassiererin danach gefragt wurde. Sofort witterte ich meine Chance: «Sie können meine haben», sagte ich in einem Ton erwartungsvoller Freude zur Nähmaschinen-Käuferin. Doch die Kassiererin antwortete erschrocken: «Ou, jetzt habe ich schon das Total getippt.» Die 334 Superpunkte waren futsch.

Natürlich: Vorbildlich, wie schnell die Kassiererinnen im Coop arbeiten, und tröstlich, wie sie einem in solchen Momenten tiefer Verzweiflung mit aufmunternden Worten zur Seite stehen. Aber die Punkte waren für immer verloren. Nun fehlen mir schon wieder fast 2 Prozent eines Reiskochers, und wenn das so weitergeht, werde ich tatsächlich einmal verhungern! Das schreit nach Rettung. Und Sie können helfen: Wenn Sie mir also einmal etwas Gutes tun wollen: Schenken Sie mir keinen Reis. Schauen Sie an der Kasse im Coop nach, ob ich vielleicht hinter Ihnen stehe. Ich würde Ihnen dann meine Supercard borgen.

— **Dezember 2005** —
Der Geschäftsführer meiner Lieblings-Coop-Filiale
war über diese Kolumne dermassen begeistert, dass er mir spontan
ganz viele Superpunkte schenkte. Danke.

Das Schweigen
der Vögel

Zuerst die betrübliche Nachricht: Eines meiner Vögeli ist tot. Hat duldsam eine Woche Krankheit gelitten und dann still und bescheiden das Zeitliche gesegnet. Seine Seele ist, wenn ich mir dieses kleine Wortspiel erlauben darf, gen Himmel geflogen. Ich nannte es Weisses Vögeli, sie war ein prächtiges Wellensittich-Weibchen.

Mein Lieblings-Vogelzüchter Urs hat mir dann nach Tagen angemessener Trauer einen neuen Wellensittich verkauft, ein Männchen, tiefblau im Gefieder und von erheiternder Neugier. Seither fliegen unsere Wellensittiche wieder zu dritt von Büchergestell zu Büchergestell in unserem Wohnzimmer. Das heisst, seit der Blaue da ist, sitzen die drei meistens nur noch auf dem gebundenen Gesamtwerk von Edgar Allan Poe, stecken die Köpfe zusammen und schweigen den ganzen Tag. Da kann ich ihnen noch so oft die CD mit altem Jazz abspielen, zu der sie früher so gern gesungen haben – jetzt schweigen alle.

Hat das was mit dem Neuen zu tun? Mögen die den nicht? Oder wollen die jetzt lieber die Bücher von Edgar Allan Poe anknabbern als die Lieder von Billie Holiday pfeifen?

Seit gestern weiss ich warum: Es ist nichts von allem. Sie schweigen aus dem einfachen Grund, weil sie alles Männchen sind.

Herausgefunden habe ich es gestern in der Beiz, in der ich mich gerne mit Geschäftspartnern und Kollegen treffe. Ich war mit meinem Freund Michel verabredet und eine Viertelstunde zu früh da. Deshalb bestellte ich schon mal was zu trinken und hätte gerne in der neuen «SI Style» gelesen, aber die war auch noch nicht da. Ein Kaffeekränzchen am Tisch nebenan zog meine Aufmerksamkeit auf sich. Vier Frauen tranken

Kaffee und redeten ausführlich und angeregt über Gott und die Welt, die Themen wechselten schneller, als ich mir dazu einen Gesprächs-beitrag hätte ausdenken können. Es war im besten Sinne unterhaltsam, diesem Redefluss zuzuhören.

Als dann endlich mein Freund Michel zur Beiz reinkam, war alles sofort anders. Zur Begrüssung reichten wir uns die Hände, ohne sie zu schütteln.

Ich sagte: «Und?»
Er antwortete: «Selber?»
Ich sagte: «Ja.»

Damit war das Wichtigste gesagt, und wir konnten uns dem gemütlichen Teil zuwenden: Zufrieden tranken wir ungefiltertes Bier, rauchten ein bisschen selber gedrehten Tobak, und hin und wieder sagte einer von uns beiden etwas. Es wurde ein schöner Abend, wie das Männer gerne mögen. Wie immer kam dann irgendwann noch mein Lieblingswitz mit dem Pferd, das in eine Bar kommt.

Als ich nach Hause kam, sassen meine drei Vögel auf den Büchern der Lyrikabteilung und schwiegen.

Ich meinti, dazu gibt es nichts mehr zu sagen.

— Februar 2006 —

Was Frauen alt
aussehen lässt

Letzte Woche war ich an einer Orchideenausstellung. Was für eine Augenweide, wie erhebend fürs Gemüt: Ein Meer von Farben und Formen war da in der Halle ausgebreitet, ein Ozean von bezaubernder Fantasie, es war ein Bad in der Schönheit, Wellness für die Seele, wenn man so will. An Blumenausstellungen wird sogar ein harter Kerl wie ich sentimental. (Unter uns gesagt: Beim Anblick einiger besonders schöner Orchideen war ich so hingerissen, dass meine Liebste in diesem Moment alles von mir hätte haben können.) (Das bleibt aber wirklich unter uns!)

In der Hälfte des Rundgangs war ein Restaurant eingerichtet, eine gute Idee. Am liebsten hätte ich dort einen Mandarin-Orchid-Grüntee getrunken, doch es gab nur den üblichen langweiligen Twinings-Schwarztee mit Bergamotte-Geschmack, aber der war immer noch besser als zum Beispiel eine Cola. Oder gar eine Cola Light. Meine Liebste und ich schwärmten von den Blumen, tranken Tee und betrachteten die Leute rund um uns. Diese waren ähnlich vielfältig wie die Orchideen – und auch wenn man mit manchen von ihnen wohl kaum ein Wohnzimmer schmücken konnte, so waren all die Besucher vereint in der Freude an so viel Schönheit.

Am Tisch neben uns sassen zwei Frauen und ein Mann: Wie sich bald herausstellte, waren die drei ein Paar und die Mutter des Mannes. Der Mann selber war recht unscheinbar, ich könnte heute nicht mal mehr sagen, welche Haarfarbe er hatte. Aber die Freundin oder Frau des Mannes sah aus, als wüsste sie, was sie will im Leben. Und dessen Mutter war offensichtlich gewohnt, nur zu reden, wenn sie gefragt wurde. Die drei tranken Kaffee und guckten ein paar Löcher in die Luft, bis die Mutter von der Schönheit der Blumen Rückschlüsse auf sich zog: Sie griff sich leicht erschrocken in ihre etwas ausgeleierte Dauerwelle, blickte ihren Sohn an und sagte: «Jessesgott, so viele schöne Blumen, und ich sehe so zerzaust aus!» Ihr Sohn, immerhin schon mindestens vierzig Jahre alt und also anzunehmenderweise vernunftbegabt, antwortete im locker-flockigen Ton: «Das macht doch nichts, du siehst aus wie eine alte Frau.»

«Jessesgott», dachte ich nun meinerseits. Er hat ihren Tag ruiniert. Er hat ihr die ganze Freude an der Ausstellung kaputt gemacht. Er hätte ihr zum Beispiel sagen können: Ach Mutti, du siehst toll aus. Mehr noch: Er hätte ihr dabei übers Haar streichen können. Und sie wäre glücklich gewesen, hätte sich schön und gut gefühlt, hätte mit den Blumen um die Wette gestrahlt.

9

Das Schlimmste an seiner Antwort war, dass er nicht mal gemerkt hat, wie sich seine Mutter nun tatsächlich zerzaust und hässlich vorkam, wie Unkraut im Rosenbeet.

Ich meinti, solche Wurzelstöcke wie diesen Mann sollte man bis zum Hals eintopfen in schwerer Erde und täglich dreimal kräftig giessen. Vielleicht würde er dann endlich aufwachen, und seine Aufmerksamkeit würde wachsen.

Seine Frau oder Freundin, die aussieht, als wisse sie, was sie im Leben wolle, müsste man fragen, ob sie mit einem so kümmerlichen Fehltrieb leben will. Und seiner Mutter sollte man die schönste aller Blumen schenken und ihr versichern: So bist du.

Apropos: Bald ist Muttertag ...

— April 2006 —

Hier passt der letzte Satz aus einer verworfenen Kolumne über das grauenhafte Benehmen mancher Leute im Zug bestens: «Aber es gibt dieses: Achtsamkeit.»

Kopfrechnen in der Bananenplantage

L etzten Freitag habe ich wie immer zum Monatsende alle meine Einzahlungen besorgt. Ich fühlte mich quitt mit mir und der Welt und gönnte mir zur Feier des Tages ein Feierabendbier in der Beiz meines Vertrauens, als mein ehemaliger Mathematiklehrer durch die Tür kam und sich zu mir setzte. Wir hatten damals zusammen im Kollegi angefangen, er als Mathelehrer, ich als sein williger Schüler, und das verbindet uns auf Lebzeiten. Obwohl diese Zeit schon Jahre, ja geradezu Jahrzehnte zurückliegt, erinnert er sich gerne und so lebhaft an sie, als wäre es erst gestern gewesen. Wahrscheinlich kann er das so locker, weil es ihm keine Mühe bereitet, sich zwischen Raum und Zeit zu bewegen. «Ich sehe dich noch vor mir, wie du mit angestrengtem Gesicht versucht hast, Mathematik zu begreifen», sagte mein Lehrer lachend.

«Aber Hansjörg», antwortete ich, «ich versuche das bis heute.»

Hansjörg stutzte. Ich konnte es förmlich in seinem Blick lesen: Wie kann aus jemandem etwas Rechtes werden, wenn er die Mathematik nicht versteht?

Sein Gesicht wurde jetzt mindestens drei Stufen ernster. «Ist doch ganz einfach», sagte Hansjörg. «Also: Eine Herde Affen will in die Bananenplantage, um zu essen, aber sie weiss nicht, ob sich in ihr ein Jäger versteckt. Der Oberaffe schickt deshalb zwei Späheraffen in die Plantage. Kommen beide wieder raus, ist die Luft rein. Kommt nur einer wieder raus, hat der Jäger den anderen abgeschossen. Soweit klar?» «Ja», antwortete ich. Und Hansjörg: «Schickt der Oberaffe aber drei Späher rein und es kommen nur zwei wieder raus, geht er trotzdem mit seiner Herde rein.» «Aha», sagte ich. «Das heisst: Affen können nicht zählen. Sie kennen nur die Grössen eins, zwei und viele.» «Aha», sagte ich erneut.

Hansjörg: «Wir aber können zählen. Die ganze Mathematik basiert auf drei simplen Grundprinzipien: 1+2=3, 1+2+3=6 und 1+2×3=7. Wenn du das begriffen hast, hast du alles begriffen.» Ich wollte es vermeiden, schon wieder «aha» zu sagen, aber es ist mir einfach so rausgerutscht. Ich verstand nur Bahnhof. Ich kann Schäfchen zählen vor dem Einschlafen und am Monatsende meine Rechnungen aufaddieren. Doch das mit dem Affen habe ich nur insofern begriffen, als wir inzwischen beim Bier-Bestellen bei der Dimension «viel» angelangt waren.

«Aber die Pygmäen zählen auch nur in den Grössen eins, zwei und viele», sagte ich. «Deswegen leben sie ja im Dschungel», antwortete Hansjörg. «Aha», sagte ich. Jetzt musste ich nachdenken, dringend. Ich hätte den Mathematik-Grossmeister Einstein zitieren können: Alles ist relativ. Doch das beruhigte mich nicht. Schliesslich sagte ich: «Aber wenn der Oberaffe nicht zählen kann, warum schickt er denn drei Affen in die Plantage?»

Hansjörg schaute mich nur lange an. Dann sagte er: «Ich meinti, ich zahl dir jetzt noch ein Bier …»

— Mai 2006 —

Seit dieser Kolumne hat Hansjörg sicher zehnmal versucht, mir das Geheimnis der Mathematik zu erklären. Dass 1+2=3 ergibt, glaube ich ihm mittlerweile, aber weiter sind wir noch nicht gekommen.

Warum Nidwaldner gerne reisen

Nidwalden gilt bei den Schweizern allgemein als abgelegen und hinterwäldlerisch. Damit haben sie natürlich recht. Nidwalden hat zum Beispiel noch nie einen Bundesrat gestellt. Es war noch nie ein Nidwaldner auf dem Mond. Und dass die Obwaldner immerhin den Stadtpräsidenten von Zürich einen der Ihren nennen, ist für die Nidwaldner kein Trost. Aber Trost brauchen wir nicht. Denn wer sich nicht dem Gefühl hingeben muss, der Mittelpunkt der Welt zu sein, kann getrost in selbige hinausgehen. Not habe ich also nicht, aber eine Tugend kann ich aus dem Reisen trotzdem machen.

Deshalb fuhr ich letzthin nach Weggis, wo die brasilianische Fussballnationalmannschaft gerade ihr Trainingscamp für die Weltmeisterschaft eingerichtet hatte. Die Show war superlasch: Zwei Stunden im Regen warten für zehn Minuten freie Sicht auf Ronaldo und Ronaldinho. Aber es war überaus beruhigend, die Jungs auf dem Rasen müde im Kreis joggen zu sehen und mit ruhigem Gewissen zu mir selbst zu sagen: Das kann ich auch.

Meine nächste Reise führte nach Basel an die Kunstmesse Art 37. (Sie haben bemerkt, dass ich bei beiden Reisen ohne Zürich auskam.) Tausende von Bildern, Installationen, Videos und Fotos. Ein Bild gefiel mir besonders: Es war eierschalenweiss mit einem elfenbeinweissen Viereck drin. Ich betrachtete es lange und dachte dann für mich: Das kann ich auch.

Ich war an dem Punkt angelangt, weder die Kunst noch den Fussball als das Gelbe vom Ei zu betrachten. (Beachten Sie das kleine Wortspiel … Ich meinti, ich hätte das Viereck im weissen Bild mit einem Hauch von hellem Gelb gemalt.) So konnte ich meine Aufmerksamkeit auf die wichtigen Dinge des Lebens richten, zum Beispiel die Besucher dieser Anlässe. Kurz zusammengefasst ergab meine Feldforschung Folgendes: Kunst-Interessierte essen keine Hamburger und schon gar keine öligen Pommes frites. Und grosse Frauen interessieren sich definitiv nicht für Fussball. Das hätte ich nie herausgefunden, würde ich zum Beispiel in Zürich wohnen, weil ich mich dort wahrscheinlich als Nabel der Welt fühlen würde und also keine Notwendigkeit sähe, auf Reisen zu gehen.

Manchmal muss man für Ausflüge gar nicht weit gehen. Meine nächste Reise zum Beispiel führt mich morgen an den Wochenmarkt von Stans, denn dann wird dort die amtierende Miss Schweiz, Lauriane Gilliéron, als Attraktion zu Gast sein. Stellen Sie sich vor: Die amtierende Miss Schweiz, strahlend schön und blütenblond zwischen Stanser Erdbeeren und Angus-Beef-Käsewürstli aus Ennetbürgen! Die Fast-Miss-World zwischen Ennetmoser Bio-Erdbeerkonfi und Dallenwiler Hüttenkäse. Sowas kann nur unsere Miss. Gibt es etwas Aufregenderes?

— **Juni 2006** —

Ja, gibt es: Vanessa Leuzinger als Nidwaldner Fast-Miss-Schweiz, siehe No 150.

Adieu, Alpen!

Nun steht es schon so lange jeden Tag im «Blick», dass ich es inzwischen selber glaube: Die Alpen bröckeln! Im Jahrtausendsommer zerkrümeln unsere schönen Berge wie trockener Streuselkuchen, und ein Ende der Klima-Erwärmung ist nicht in Sicht. Sogar in Nidwalden bröselt der Brisen. Herrje, wenn das so weitergeht, ist das Stanserhorn nächstes Jahr flach wie Holland, und übernächstes Jahr wird sogar der Rotstock bloss noch Erinnerung sein. Wir werden Engelberg umbenennen müssen in Engeltal. Den feinen Musenalpkäse wird es nicht mehr geben und auch kein Openair auf dem Pilatus, und der schöne Felsenweg auf dem Bürgenstock wurde gänzlich vergebens renoviert. Immerhin: Bis dann wird sich wenigstens das Thema Wellenberg definitiv von selbst erledigt haben.

Die gnadenlos herniederbrennende Sonne sprengt Stein um Stein aus den Felsen, während ich unbedarft im Beckenrieder Freibad den Sommer mit dem warmen See und den prächtigen Aussichten geniesse. So kann das nicht weitergehen. Deshalb habe ich beschlossen, etwas dagegen zu unternehmen. Zuerst kaufte ich mir eine coole neue Sonnenbrille und Sonnencreme mit Schutzfaktor 60plus und Karotin-Zusatz. Dann ein neues Paar Turnschuhe, aber nicht das Modell, mit dem die Bergwanderer dauernd zu Tale stürzen. Schliesslich einen kleinen Pickel und einen grossen Rucksack. Perfekt ausgerüstet, bin ich letzte Woche von Berg zu Berg gepilgert und habe von jeder Spitze ein paar Steine mit nach Hause genommen. Jetzt besitze ich einerseits an jeden Berg ein Andenken. Und anderseits kann ich die Steine als Souvenir verkaufen, wenn die Schweiz dereinst topfeben ist. Ein Stückchen original Oberbauenstock zum Erinnerungspreis von nur 100 Franken, besonders beliebt bei Deltaseglern und Emmettern. Meine Zukunft ist also gesichert.

Aber was macht der Rest der Welt beziehungsweise Nidwalden? Aus Stans einen Tierpark im Bergsturzgebiet einzurichten geht nicht, das gibts schon in Goldau. Aber wie wärs mit einer Krokodilfarm? Schliesslich wird das Wetter immer heisser, und so ist es bloss eine Frage der Zeit, bis die wandelnden Handtaschen hierzulande ohne Infrarotlampe gezüchtet werden können. Und modisch entsprechend ausgerüstet, könnten wir endlich den Anschluss ans Flachland-Zürich und den flachen Zürcher Lifestyle schaffen. Was dann wiederum ein glänzender Ersatz für den Naturjodelabend auf der Klewenalp wäre.

Wir stehen vor einer ungewissen Zukunft. Guter Rat ist teuer beziehungsweise gute Tat der Hitze wegen mit viel Schweiss verbunden. Ich meinti, es lohnt sich zu warten, bis die Sauregurkenzeit vorüber ist und in der Welt wieder etwas passiert, über das der «Blick» dann ernsthaft berichten kann.

— **August 2006** —

Das Thema Wellenberg hat sich 2019 tatsächlich erledigt, aber nicht wegen des Klimawandels. Der Klimawandel aber ist inzwischen so klar ersichtlich, dass man eigentlich keine Witze mehr darüber machen kann.

Einschlafen
mit Christa

Ich mag Miss-Schweiz-Wahlen: Letztes Jahr, als Lauriane Gilliéron gewann, habe ich sogar sämtliche Interviews mit der neuen Schönheitskönigin aus dem «Blick» und der «Schweizer Illustrierten» ausgeschnitten und sie mir fein säuberlich gestapelt neben das Bett gelegt. Nein nein, nicht was Sie jetzt denken … Ich habe das gemacht, weil diese Interviews besser sind als jede Schlaftablette!

Denn sowohl die Fragen als auch die Antworten sind soooooooo langweilig, dass mir meistens schon nach drei Minuten die Augen zufallen.

Dieses Jahr habe ich auf die Zeitungsausschnitte verzichtet, weil es mich wunder nahm, ob Interviews mit neu gewählten Missen auch dann einschläfernd wirken, wenn ich bloss an sie denke. Sicherheitshalber habe ich die Fernseh-Live-Übertragung auf Video aufgenommen, denn sollte mein Experiment nicht klappen, kann ich ja immer noch das Videogerät einschalten. Die Fernsehshow ist nämlich genauso langweilig, wie die Interviews es sind.

Ich legte mich also vergangenen Sonntagabend ins Bett und dachte an ein Interview mit der neuen Miss Schweiz. Die «Schweizer Illustrierte» eröffnet: «Herzlichen Glückwunsch.» Und die neue Miss (sie heisst diesmal Christa Rigozzi) antwortet: «Ich bin so glücklich und habe nur zwei Stunden geschlafen.» Dann wieder die «Schweizer Illustrierte»: «Glauben Sie, dass Ihre Beziehung das Miss-Jahr überstehen wird?» Miss Rigozzi: «Ganz bestimmt, wir lieben uns ja so sehr.»

Es fing schon an zu wirken. Ich wurde bleiern müde. Die «Schweizer Illustrierte»: «Was für eine Miss werden Sie sein?» Schweizer Miss: «Sicher eine natürliche und spontane …»

Noch bevor ich die dritte Antwort zu Ende denken konnte, schlief ich tief und fest. Auch am folgenden Montag und am Dienstag klappte das Einschlafen mit Christa prächtig. Das Einzige, was mich am Erfolg meines Experiments ein bisschen schade dünkt, ist, dass ich es nie bis zur Stelle schaffe, an der sie sagen würde: «Ich bin für den Weltfrieden.» Dieser Satz alleine wirkt besser als drei Valium!

Bestens ausgeschlafen entwickelte ich am Mittwoch mein Experiment einen Schritt weiter. Diesmal war es ein Interview des «Blicks» mit der zweitplatzierten Vize-Miss-Schweiz (die hat dieses Jahr so einen schwierigen Namen, dass ich mir den einfach nicht merken kann).

Also, der Blick: «Warum wurden Sie nur Zweite?» Die Vize-Miss: «Wahrscheinlich habe ich einfach eine zu grosse und zu starke Persönlichkeit.» Doch diesmal konnte ich nicht einschlafen: Statt vor Langeweile ins Koma zu fallen, bekam ich einen Lachkrampf. Am Donnerstag mit Christa klappte dann wieder alles wunderbar.

Inzwischen vertraue ich vollends auf meine Einschlafmethode und bin so weit, die Video-Aufzeichnung der Wahlveranstaltung zu verschenken. Ich meint: Wer an Schlafstörungen leidet, sollte sich dieses Video mal anschauen.

— September 2006 —

Wie sich später zeigte, war ausgerechnet Christa Rigozzi ein schlechtes Beispiel für die Belanglosigkeit von Miss-Wahlen: Sie ist neben Melanie Winiger die einzige Ex-Miss, die man heute noch ernst nimmt.

Modernes Staubsaugen

Einmal im Jahr soll ein richtiger Mann ja sein Auto putzen. Bei mir war das vorletzten Samstag der Fall. Dummerweise habe ich beim Rückwärtsfahren den Wasserkessel mitsamt dem Staubsauger über den Haufen gekarrt, was mich natürlich in eine überaus ungemütliche Situation brachte: Wie sollte ich jetzt meine wöchentliche Wohnungs-Putztour erledigen? Ich war wieder mal in Not. Zumal das ein ganz guter Staubsauger war. Den hatte ich von meiner Mutter gekriegt, als ich damals von zu Hause auszog, und er funktionierte über die Jahrzehnte einwandfrei.

Zum Glück meinte es das Schicksal gut mit mir und liess noch am selben Abend meinen Freund Michel bei uns klingeln. Selbst als Junggeselle merkte er schnell, dass die Wohnung nicht gestaubsaugt war, und als ich ihm mein Leid klagte, bot er mir selbstlos seinen Staubsauger an, einen grauen Black & Decker der neusten Generation.

Schon am nächsten Tag brachte er mir seinen Staubsauger vorbei: Ein futuristisch designtes Modell mit auswaschbarem Staubfilter, das mich irgendwie an ein Ufo erinnerte. Ich brauchte zwei Minuten, bis ich begriff, wie man das Saugrohr von der Maschine loskoppelt. Ohne Zögern (es war immerhin Sonntag) steckte ich den Strom an, fuhr das Saugrohr aus und drückte auf «on». Aber herrje! Dieser Apparat hatte eine dermassen grosse Saugkraft, dass ich nur mit Mühe die Bürste auf dem Teppich hin und her ziehen und stossen konnte, und um ein Haar hätte ich zuerst den Teppich, dann sogar meine Wellensittiche eingesogen.

Das Schlimmste aber war der gigantische Lärm, den dieses Putzinstrument veranstaltete. Mit meinem uralten Staubsauger konnte ich noch gemütlich durch die Stube schweifen und dazu ein bisschen Musik im Hintergrund laufen lassen, aber dieser moderne Black & Decker übertönte sogar Heavy Metal. War das die Zukunft des Staubsaugens? Sollte dieser ohrenbetäubende Lärm von jetzt an mein Hausfrauen-Dasein bestimmen? Ich konnte nicht anders: Ich musste Gehörschütze in meine Ohren stopfen.

Immerhin: Das nützte. Schlagartig war meine Welt wieder ruhig, und ich konnte entspannt meiner Arbeit nachgehen. Unter dem Esstisch kam mir dann sogar die Idee, dass ich mir an der nächsten Fasnacht den Staubsauger auf den Rücken binden und als Ausserirdischer an Maskenbälle gehen könnte.

Als schliesslich die Wohnung wieder blitzte und blankte und ich die Gehörschütze versorgen wollte, merkte ich, dass ich während des Staubsaugens dank der Ohrenstöpsel in meditative Gelassenheit versunken war. Und ich erkannte den Vorteil des modernen Putzens: Wenn ich fortan meine Ruhe will, gehe ich einfach staubsaugen.

— Oktober 2006 —

Dass der Staubsauger Heavy Metal übertönt, ist nicht so tragisch: Viele Heavy-Metal-Bands klingen sowieso wie kaputte Staubsauger.

Shoppen mit
Pretty Woman

Ich werde nie ganz verstehen, was Frauen an Handtaschen finden, wo's doch Hosensäcke gibt. Und ich kann, obwohl schon tausend Mal beobachtet, immer noch nicht ganz nachvollziehen, warum Frauen so glücklich sind, wenn sie bei einem Shopping-Rundgang einen neuen Pullover oder einen neuen Jupe ergattert haben. Oder zwei. Oder drei. Ich weiss nur, dass Frauen beim Shoppen mit 101-prozentiger Sicherheit jedes Mal etwas finden, das ihnen gefällt.

Immerhin habe ich mich inzwischen damit abgefunden, dass ich das nie wirklich verstehen werde. Es ist einfach so, damit müssen Männer wie ich leben. Was handkehrum die ganze Sache natürlich auch sehr einfach macht: Will ich meiner Liebsten eine Freude bereiten, weiss ich, was zu tun ist.

Als wir vor einiger Zeit im Kino einen Film ansahen, kam ich auf eine Idee, wie ich das Freude-Bereiten mit einem lustigen Spiel verbinden kann.

Deshalb nahm ich letzthin meine Freundin an der Hand und ging mit ihr in das Lingerie-Geschäft unseres Dorfes. Dort gibt es Hunderte von schönen BHs und Slips, Strings und Strümpfen, Bustiers und Nacht-hemden und natürlich Negligés: mit und ohne Streifen, mit Stickereien und Spitzen, sogar mit geklöppelten Spitzen.

«Grüezi Frau Sigrist», sagte ich fröhlich, als wir den Laden betraten, und zeigte auf meine Liebste: «Sie ist meine Pretty Woman, und ich möchte hier einkaufen wie Richard Gere.» Frau Sigrist verstand sofort: Sie bot mir einen Stuhl an und offerierte uns beiden ein Glas prickelnd perlenden Champagner. Bis die Gläser voll waren, war meine Freundin bereits mit den ersten Probierstücken in der Umkleidekabine verschwunden.

Wer den Film «Pretty Woman» gesehen hat, kann sich vorstellen, was jetzt folgte: Umkleidekabinenvorhang auf und – tataaa!: Pretty Woman im eierschalenweissen Seiden-Top! Ich als Richard Gere schmunzelte amüsiert, nippte am Champagner und freute mich auf die nächste Überraschung. Tataaa!: Pretty Woman in Slip und BH von Eres, schwarz mit Spitzen, einfach spitze! So ging das Schlag auf Schlag beziehungsweise Dessous um Dessous. Es war herrlich. Wir haben gelacht und gestaunt und gekichert, und hin und wieder kriegte ich sogar rote Ohren … Und am Ende waren alle fröhlich und zufrieden.

Übrigens: In Italien schenken die Männer ihren Frauen zum Silvester einen roten BH. Das bringt, so sagt man, viel Geld und noch mehr Glück im neuen Jahr. Das wäre doch für Männer eine passende Gelegenheit, aus ihrer pretty Woman eine happy Woman zu machen und sich selber dabei wie Richard Gere zu fühlen.

— **Dezember 2006** —
Bernd Neundorf, Markenbotschafter der Lingerie-Firma
Chantelle, sagt, dass 80 Prozent der Frauen BHs tragen, die nicht sitzen.
Wenn das stimmt, ist das bedenklich.

Der Kick mit dem Money

Was bin ich erschrocken, als vor drei Jahren meine Kinder allesamt mit T-Shirts nach Hause kamen, auf denen geschrieben stand: «The only kick for me». Weil ich als Jugendlicher das Buch «Wir Kinder vom Bahnhof Zoo» gelesen hatte, wusste ich, dass das Wort Kick eine saloppe Bezeichnung für eine Heroin-Injektion bedeutete. Waren meine Kinder drogensüchtig geworden? Verteilten Dealer jetzt auf den Pausenplätzen zuerst T-Shirts und dann Drogen?

Cedric, mein Mittlerer, damals zehn Jahre alt, klärte mich auf: «Das isch dänk, äh … ja irgend öppis mit Sport!» Er hatte das T-Shirt von seinem Turnlehrer gekriegt, aber was darauf geschrieben stand, hatte er nicht begriffen. Immerhin war ich beruhigt: Offenbar handelte es sich hier um das alte Spiel «Jugend und Sport bringt Kinder von Drogen fort», und mit dem «only kick» war wahrscheinlich Fussball gemeint, im Sinne von «Nur ein ordentlicher Tritt in den Ball gilt mir». Oder «Ich spiele nur für mich alleine Fussball», so genau weiss man das ja nicht, denn es ist immer so schwierig, englische Floskeln ins Deutsche zu übersetzen. Dass «The only kick for me» eine Sucht-Vorbeuge-Kampagne des heimischen Handballvereins BSV war, erfuhr ich erst später.

Inzwischen ist Cedric 13 Jahre alt. Er raucht und trinkt nicht und nimmt weder harte noch weiche Drogen, was, nebenbei erwähnt, hiesige Sozialarbeiter als Erfolg werten. Und er spielt jedes Jahr beim Schüler-Handballturnier mit, auch wenn das der einzige Sport ist, den er treibt. War die Kampagne also wirksam?

Nun stand kürzlich in der Zeitung die Kunde von einer neuen Kampagne: Sie heisst «My-Money» und wird lanciert von einer einheimischen Organisation, die heisst «Swiss School Award». Diesmal nahm ich den englischen Slogan viel gelassener: In den drei Jahren seit der Sache mit dem Kick habe ich gelernt, dass englische Schlagwörter zum Alltag gehören, auch wenn sie niemand versteht. Oder wissen Sie, was «Life by Gorgeous» bedeutet? Eben. Immerhin weiss ich, dass «My-Space» eine Internet-Adresse ist, wo jeder seine eigene Homepage einrichten kann. Deshalb nahm ich an, dass «My-Money» eine Einrichtung ist, wo man irgendwie Geld bekommt.

Aber weit gefehlt. Im Artikel stand nämlich, «My-Money» sei eine Aufklärungskampagne zur Vermeidung von Verschuldung, also genau das Gegenteil meiner ursprünglichen Vermutung. Angesprochen seien Schulkinder, also auch mein Sohn, der aber kein Wort Englisch spricht.

Ich meinti, zu so viel Dummheit (englisch: so much ignorance) gibt es nichts mehr hinzuzufügen. Aber ich hoffe, dass jemand in der Schule meinem Sohn erklärt, dass «My-Money» kein Bankomat für Freigeld ist.

— **Januar 2007** —

Heute ist Cedric erwachsen. Er raucht, trinkt Alkohol und treibt keinen Sport. Haben die hiesigen Sozialarbeiter versagt?

Die Lemming-Frage

L emminge sind lustige Tiere. Wir machen gerne Witze über diese kleinen Viecher und stellen uns vor, wie sie sich in riesigen Rudeln über steile Klippen ins Meer stürzen, bloss weil in der Tundra, wo sie leben, grad nicht so viel Gras zum Fressen wächst. Cartoonisten zeichnen Lemminge gerne als etwas zu gross geratene Hamster, weshalb wir uns Lemminge als putzige, liebenswerte kleine Viecher vorstellen, die schon schier vergnügt über die Klippen hechten.

24

Aber haben Sie schon jemals einen Lemming gesehen? In einem Zoo vielleicht oder falls Sie schon mal in der arktischen Tundra unterwegs waren? Und überhaupt: Haben Sie wenigstens schon mal ein Bild von einem Lemming gesehen? Also ich nicht.

Immerhin kenne ich einen Naturfotografen. Norbert, so heisst der Fotograf, ist wegen seiner Eisbärenbilder weltberühmt. Um diese schiessen zu können, muss er immer wieder für viele Wochen in die Tundra reisen, und da sollte sich doch auch mal die Gelegenheit ergeben, einen Lemming zu fotografieren. Doch Norbert erzählte mir letzte Woche, dass es auf der ganzen Welt so gut wie keine Fotos von Lemmingen gibt.

Wie irritierend: Da tummeln sich also zusammen mit Norbert Dutzende von spezialisierten Tierfotografen in der Tundra, und keiner bringt ein Lemming-Bild zustande? Da fragt man sich doch ernsthaft, ob es Lemminge überhaupt gibt! Oder ob das nicht Phantomtiere sind, ähnlich wie der Yeti im Himalaya oder der Bigfoot in Nordamerika. Lemminge sollen ja im hohen Norden leben, wo scheints auch der Weihnachtsmann zu Hause ist, und von dem existieren ja auch keine Fotos.

Die Frage, ob Lemminge tatsächlich existieren, beschäftigte mich mehr als erwartet. Vielleicht deshalb, weil es schade wäre, wenn man ihre Nicht-Existenz beweisen würde: Ich meinti nämlich, vergnügt über die Klippen springende Lemminge sind ein schönes Sinnbild dafür, dass man sich selbst und das Leben nicht immer so tierisch ernst nehmen sollte.

Vor allem aber plagte mich ein Problem, das sich aus der Lemming-Frage ergab: Was ist, wenn nicht nur Lemminge Phantome sind? Wenn es noch ganz viele andere Sachen gibt, an deren Existenz wir zwar glauben, aber die es in Wahrheit gar nicht gibt?

Mein Problem wurde zwei Tage nach dem Gespräch mit Norbert schon fast dramatisch akut: Das Steuerformular lag in meinem Briefkasten. Seit vielen Jahren schickt irgend jemand jedes Jahr einen Fragebogen, den auszufüllen mich hernach ganz viel Geld kostet, und jedes Mal heisst der Absender ganz ominös «Steueramt». Aber haben Sie jemals ein Foto von einem Steueramt gesehen?

— Februar 2007 —

Dass sich Lemminge die Klippen runterstürzen, haben übrigens Filmemacher für den Walt-Disney-Tierfilm «Weisse Wildnis» 1958 erfunden und inszeniert. Heute weiss man: Die Lemming-Populationsgrösse variiert mit dem Bestand der Schnee-Eulen. Das Steueramt-Rätsel ist hingegen bis heute ungelöst.

Belesene Vögel

E s ist jetzt über ein Jahr her, seit ich das letzte Mal von meinen Wellensittichen berichtet habe, Sie erinnern sich: Die Vögel leben zu dritt in unserer Stube, singen gerne zu Swing aus den fünfziger Jahren und kommen eigentlich ganz ordentlich ihrer Aufgabe nach, im Wohnzimmer dekorativ zu wirken (das macht sich immer so gut, wenn Besuch kommt).

Inzwischen hat sich einiges getan: Einer ihrer Lieblingsplätze ist eine Bücherbox mit ausgewählten Werken bedeutender Philosophen. Dort haben sie immer stundenlang zu tun. Um es mit den in der Box enthaltenen Philosophen zu sagen: Mit der von Konfuzius erfundenen Arbeitsdisziplin fressen die Vögel so lange an den Bücherrücken, bis davon nur noch ein Platonischer Schatten übrig bleibt. Mit der Gelassenheit von Sokrates betrachten sie anschliessend die herumliegenden Papierkrümel und pfeifen sich dabei gegenseitig an, als ob sie Kants Theorie der reinen Vernunft widerlegen würden. Doch dann, wie auf Befehl, ergeben sich alle drei in eisernes Schweigen und sitzen dabei völlig bewegungslos auf den angefressenen Büchern. Was passiert da genau?

Um ehrlich zu sein: Keine Ahnung. Aber ich beobachte regelmässig, dass nach etwa einer Viertelstunde der blaue Wellensittich sich wieder bewegt. Es ist immer der blaue, der sich als Erster aus dieser Starre löst, und er wendet sich immer zuerst an den grünen Wellensittich. Der blaue Vogel, das müssen Sie wissen, ist der jüngste von den dreien und somit der unruhigste und derjenige, der noch am meisten lernen muss.

Ich stelle mir dann jeweils vor, dass der Blaue zum Grünen sagt: «Du, Grüner, was machst du?» Worauf der Grüne antwortet: «Ich denke.» Der Blaue geht nun zu seinem gelben Kollegen und fragt den: «Du, Gelber, was machst du?» Dieser gibt zur Antwort: «Ich bin.»

Warum ich mir das so vorstelle? Weil sonderbarerweise das Buch über René Descartes am meisten angefressen ist, und Descartes war es ja, der sagte: Ich denke, also bin ich – natürlich auf Französisch, weil der ja ein Franzose war. Diese grundlegende Erkenntnis haben meine Wellensittiche also buchstäblich verinnerlicht. Ich bin mir nicht sicher, ob der Blaue versteht, was die anderen beiden meinen. Aber ich bin mir ziemlich sicher, dass der Grüne und der Gelbe schon viel über das Leben begriffen haben. Sie denken und sie sind.

Ich meinti, das ist doch schon mal ein sehr guter Anfang. Ich bin gespannt, wie lange sie brauchen, bis sie die Bücherbox über die grossen Religionsstifter entdecken. Sie steht direkt daneben…

— März 2007 —

Sie haben dann die Box mit Dostojewskis Gesamtwerk vorgezogen. Die haben sie dermassen abgefressen, dass wir sie am Ende wegwerfen mussten (also die Bücher, nicht die Vögel) und stattdessen frische Birkenäste aufs Bücherregal legten. Die waren eins-zwei abkäfled.

Gedanken-Gänge

S eltsam, aber so steht es geschrieben.» So lautete jeweils der Abschluss
jeder Ausgabe des Comic-Hefts «Gespenster-Geschichten», das ich
als Kind so gerne las. Einmal stand eine Geschichte drin von einem
Haus, das seine Bewohner via Cheminée gefressen und nach deren Ver-
dauung aus dem Kamin gerülpst hat. Seither bin ich immer ein bisschen
vorsichtig, wenn ich in einem Haus Holz ins Feuer nachlege. Ausser bei
Schwedenöfen, weil ich da definitiv nicht reinpasse.

Das war ja bloss ein Comic, werden Sie mich jetzt beruhigen wollen, aber
ich kann Ihnen flüstern: Manchmal passieren tatsächlich seltsame Dinge!

Letzte Woche wollte ich in die Bäckerei vis-à-vis gehen, um eines von
diesen leckeren Paillasse-Broten zu kaufen, als mir eine Frau auffiel, die
vor dem Schaufenster stand: Sie machte ein Gesicht, das mich an einen
an der Sonne geschmolzenen Schoggihasen erinnerte. Sie bemerkte
sofort, dass ich sie anschaute, und begann zu reden, noch bevor ich Grüezi
sagen konnte. Es sprudelte förmlich aus ihr heraus. Sie halte nun seit
drei Wochen eine strenge Iss-die-Hälfte-Diät und müsse obendrein auf
alles Süsse verzichten, sagte sie, das habe ihr der Arzt wegen ihres Über-
gewichts und der schlimmen Gelenkschmerzen verschrieben. Und
trotzdem habe sie in den letzten drei Wochen ganze vier Kilo zugenommen. Unglaublich sei das, ja unmöglich. Vier Kilo, herrje!

Was soll man dazu sagen? Die Frau war verzweifelt. Isst kaum etwas und
legt trotzdem Pfunde zu. Ich sagte vorerst gar nichts, das hilft manchmal.
Die Frau guckte sehnsüchtig ins Schaufenster der Bäckerei und seufzte
schon wieder. «Soll ich reingehen und Ihnen einen halben Schoggistengel
holen?», bot ich ihr an, aber die Frau winkte entschlossen ab. «Bloss das
nicht», antwortete sie, «die einzige Freude, die ich mir gönne, sind kleine

28

Gedankenspiele.» «Aha», sagte ich, und sie meinte: «Seit ich nichts Süsses mehr essen darf, bleibe ich vor jedem Schaufenster stehen und stelle mir vor, wie ich all die feinen Sachen verspeise.»

Jetzt kam die Frau plötzlich in Fahrt: «Schwarzwäldertortenstücke, Quarkschnitten, Schokomuffins, Butterplunder, Mandel-Baisers und Mokka-Eclairs … und erst die Pralinen!» All die feinen Stücke ass die Gute in Gedanken, sie verschlang sie mit den Augen, ja, sie stellte sich vor, wie sie ganze Schaufenster regelrecht leerfrass. Nichts rührte die Frau tatsächlich an, aber trotzdem legte sie an Gewicht zu.

«Das Auge isst mit», meinte ich. So jedenfalls sagts der Volksmund. Aber ob der immer recht hat? Die Frau jedenfalls beharrte darauf, zugenommen zu haben. Seltsam, aber so hat sie es mir erzählt.

— Mai 2007 —

Man sollte die Kraft der Gedanken nie unterschätzen. Deshalb macht es auch Sinn, sich darin zu üben, seine Gedanken zu kontrollieren.

Gespräche mit Gesang

I ch habe mir nun endlich einen iPod gekauft. Auf dieses kleine Gerät kann man Lieder aus dem Computer laden, die Kopfhörer in die Ohren stöpseln und unterwegs Musik hören. Genau diese neue Art von Unterwegs-Musik-Hören hat meinen Forschertrieb geweckt: Es nahm mich wunder, wie stark der iPod das Kommunizieren unter den Menschen verändert hat.

Sind Ihnen die Teenager auch schon aufgefallen, die mit Stöpseln in den Ohren völlig in sich versunken durch die Gegend latschen? Oder die vielen Jogger, denen man am verkrampften Gesicht ansieht, dass sie ihr Schritttempo dem Rhythmus in ihren Ohren anzupassen versuchen? Und wie schaffen es zwei Menschen, gleichzeitig mit Kopfhörern Musik zu hören und miteinander Gespräche zu führen? Das wollte ich wissen.

Deshalb habe ich mir einen ganzen Sonntag lang meine Lieblingslieder zuerst von der CD in den Computer und von dort auf den iPod gespiesen und ging dann schon am nächsten Tag mit den Stöpseln unterwegs auf Feldforschung. Es dauerte nicht lange, bis ich jemanden traf, bei dem ebenfalls ein dünnes Kabel von der Jackentasche zu den Ohren führte. «Hallo-wie-gehts-was-hörst-du-denn?», sprach ich den anderen an, aber er nahm mich nicht wahr und lief achtlos an mir vorbei. Dafür starrte mich eine ältere Frau mit vorwurfsvollem Blick an. Ich musste wohl, weil ich mich selber nicht sprechen hörte, wie ein Dummbatz geschrieen haben …

Da sah ich meinen Freund Michel, seinen Kopf eingeklemmt in zwei iPod-Stöpsel. Sie wissen ja, Michel und ich sind keine Freunde vieler Worte, aber an diesem Tag suchte ich das Gespräch. Ich stellte die Lautstärke meines Lieblingsschlagers etwas leiser. «Sali Michi, alles klar», sprach ich, und in meinen Ohren klang es «Musikanten herbei, spielt ein

Lied für uns zwei». Michel sagte nichts, aber er hob immerhin die Hand zum Gruss. «Was machsch?», schrie ich ihn an, und Michel gab eine Antwort, die sich folgendermassen anhörte: «Ich warte irgendwo in der Linde allein in Mexiko einen Kaffee trinken mit Anita Helena Anita.» Herrje! Was war nun Musik und was sagte Michel genau? «Was?», fragte ich, und Michel sagte: «Komm steig auf dein Pferd», aber das war wieder nicht Michel, sondern mein iPod, und nun sagte Michel viel zu laut «hä?» und ich: «Ich bau für uns ein Nest, wo sichs leben lässt.» Ich habe angefangen mitzusingen, statt Michel eine Antwort zu geben. Aber worüber redeten wir eigentlich? Wir nahmen beide die Kopfhörer aus den Ohren, schauten uns an, und Michi sagte: «Kafi?» Ich sagte: «Ja.» Wir liefen gemeinsam Richtung «Linde» und stellten unsere iPods aus. Bei meinem wäre just in diesem Moment die Stelle gekommen, wo Costa Cordalis singt: «Dann sind wir da und jeder soll es sehn, wie wir uns verstehn.»

— **Juni 2007** —

Costa Cordalis starb am 2. Juli 2019 auf Mallorca. Meine Mutter hat ihn mal in einer Modeshow gesehen, sie schwärmt heute noch davon.
Eines von Cordalis' letzten Liedern heisst «Mama». Aber ich glaube nicht, dass er damit meine Mutter meinte.

Wie man sich problemlos scheidet

W ie Sie wissen, halten meine Liebste und ich in unserer Wohnung drei Wellensittiche, einen grünen, einen gelben und einen blauen, der selten zwitschert. Sie fliegen den ganzen Tag frei im Wohnzimmer rum, fressen unsere Bücher an und sorgen dafür, dass wir regelmässig die Stube staubsaugen müssen. Seit neustem fräsen sie auch die Tapete im oberen rechten Eck an, aber petzen Sie das bitte nicht unserem Vermieter!

Manchmal sitzen wir alle gemeinsam im Wohnzimmer und beobachten uns gegenseitig: Mein Schatz und ich auf dem Sofa und die Vögel auf der Gesamtausgabe von Dostojewski. «Wenn du mich eines Tages verlässt», sagte ich zu meiner Liebsten, «dann kriege ich die Vögel.» «Auf gar keinen Fall», gab sie etwas brüskiert zur Antwort, «die gehören mir! Du kannst den Fernseher haben, wenn du willst, und alle angefressenen Bücher. Und von mir aus die Entsaftermaschine. Aber auf keinen Fall die Vögel.»

Jetzt hatten wir ein Problem. Hätten wir drei Kinder, würde das Scheidungsrecht mit einer Vielzahl von Paragraphen eine gerechte Aufteilung des Nachwuchses vorschreiben. Aber für Vögel hat das Gesetz keine Vorkehrungen getroffen. Wir mussten also selber eine Lösung finden.

Wir waren ganz in die Suche nach dieser Lösung vertieft, als unser gemeinsamer Freund Michel klingelte und Zvieri vorbeibrachte. Das tut er hin und wieder, wenn ihm nach einer Zwischenmahlzeit in Gesellschaft zumute ist.

Michel brachte eine Nussecke, ein Meitschibei und zwei Berliner mit. Das war ein Stück zuviel. Und das brachte uns auf die richtige Idee: Wir werden einfach einen weiteren Wellensittich kaufen, dann haben wir im Ganzen vier, und wenn mein Schatz und ich uns einmal trennen sollten, kriegt jeder zwei. Also ich den Grünen und den Gelben und sie den Blauen, der zwitschert mir viel zu wenig, und den vierten, den wir uns erst noch kaufen müssen. Sie darf ihn dafür auswählen.

Ich meinti, das ist eine ganz gute Idee: Alles, was man im Verlauf einer Ehe oder einer Ehe-ähnlichen Beziehung anschafft, soll man sich gleich im Doppel kaufen. Zwei Entsafter, zwei Fernseher, zwei Espressotassen-Sets. Eine gerade Anzahl Teppiche und eine durch zwei teilbare Menge an CDs, Gabeln und Topfpflanzen. So hat man im Trennungsfall zumindest ein grosses Problem weniger, weil grosse Probleme gibts ja dann noch genügend. Und bis es so weit ist, können Paare alles stereo geniessen. Zum Beispiel gemeinsam Gemüse entsaften. Oder beide gleichzeitig auf dem Hometrainer rudern. Denn die Gemeinsamkeit wäre ja eigentlich Sinn und Zweck einer jeden Beziehung.

— Juli 2007 —

Ideal: Zwillinge.

Erholung für Hysteriker

Eigentlich bin ich ja ein gesund lebender Mensch: Ich rauche ohne schlechtes Gewissen, gehe gerne mal zu Fuss zur Post und benutze die Treppe statt den Lift – ausser wenn ich ins Fitness-Training gehe, weil es dann auf dem Laufband schon anstrengend genug wird. Im Lift hoch zum Fitness-Studio sind oft neue Ertüchtigungs-Angebote plakatiert, Sachen wie Body Pump und Power Step und Step & Tonic und BBP, alles Bewegungsarten, von denen ich keine Ahnung habe, wie das funktioniert.

Und genau deshalb entschloss ich mich letzte Woche, eine von diesen neuen Trimm-Massnahmen kennenzulernen. Ich zog also im Fitness-Center Turnhose und Turnschuhe an, lief locker zum Empfang und sagte: «Ich hätte gerne eine Lektion Power-Napping.»

Der Trainer an der Theke, ansonsten immer sehr nett, prustete unvermittelt los. Power-Napping, sagte er, sei nichts anderes, als sich kurz für ein Nickerchen hinzulegen, und dafür müsse ich wohl kaum zu ihm ins Fitness-Studio kommen. Aha. Um von der peinlichen Situation abzulenken, kaufte ich an Ort und Stelle einen Powerriegel und fuhr ohne mich umzuziehen, aber wild entschlossen nach Hause.

In Turnhosen und Turnschuhen schmiss ich mich in der Stube schwungvoll aufs Sofa und trainierte Power-Napping: Im Sitzen kurz einturnen, damit die Gelenke warm werden, flach hinlegen, Augen zu, Muskeln anspannen und schlafen. Aber nichts geschah.

Weil mein Trainer gesagt hatte, dass man sich für Power-Napping nur kurz hinlegt, stand ich nach einer Minute wieder auf. Ich lockerte meine Muskeln, hüpfte ein wenig vor dem Vogelkäfig rum und versuchte es noch mal mit Schlafen – wieder nichts. Auch der dritte, vierte und fünfte Versuch blieb erfolglos, und nach meiner üblichen Trainingseinheit von 45 Minuten beendete ich mein missglücktes Experiment mit einigen Dehnungsübungen.

Am nächsten Morgen war ich ziemlich verkrampft. Und müde. Power- Napping, so schlussfolgerte ich, muss etwas sehr Anstrengendes sein. So anstrengend, dass ich mich nach dem Mittagessen aufs Sofa legte und mir ein ganz gemütliches Nickerchen gönnte – übrigens in Jeans und T-Shirt und ohne Schuhe. Die Wellensittiche zwitscherten zufrieden vor sich hin, die Sonne schien mir auf den Bauch, und alles war friedlich. Nach zwanzig Minuten fühlte ich mich erholt und ausgeruht. Ich gönnte mir einen Kaffee und blätterte in der «Sonntags-Zeitung», die noch nicht zu Ende gelesen war.

Dort stiess ich auf das Wort Speed-Wellness. Da wurde mir klar, was mit Power-Napping gemeint ist: Ein hastiges Sich-Hinlegen zur aktiven Erholung.

Ich meinti, das ist eher etwas für Hysteriker. Ich für meinen Teil bevorzuge das gemütliche Nickerchen.

— **August 2007** —

Power-Napping ist ja schon längst wieder out. Heute macht man Yoga.
Diese Kurse werden dann oft angeboten von Leuten,
die auf Instagram Bilder von sich posten, wie sie sich kunstvoll verrenken.
War wohl schon wieder nichts mit Selbstfindung.
Der neuste Schrei: Ziegenyoga.

«Freue mich auf dich, bis bald»

Treu, ehrlich, humorvoll: Offensichtlich sind Männer und Frauen, die diese Eigenschaften in sich vereinen, überaus selten anzutreffen – und deshalb heiss begehrt. In Kontaktanzeigen jedenfalls wimmelt es von Annoncen, in denen treue, ehrliche und humorvolle Frauen und Männer ihresgleichen suchen. Oft klingt es fast so, als hätten die Suchenden schampar schlimme Enttäuschungen mit untreuen, unehrlichen und humorlosen Partnern und Partnerinnen hinter sich. Codenummer 475114 zum Beispiel macht seine Position radikal klar, wenn er schreibt: «Alles Andere ist zwecklos!!!» (mit drei Ausrufezeichen). Die Frau, die er sucht, muss nebenbei erwähnt zwingend mit Niveau brillieren. Selbiges definiert 475114 mit «schl., sportl. Figur, erotisch, realitätsbewusst».

Womit wir umgehend wieder auf die Enttäuschungen zurückkommen: Enttäuschungen sind, so sagen es die Buddhisten, unerfüllte Erwartungen, und Erwartungen wiederum schränken das Blickfeld ein, weil man sich nur noch auf das konzentriert, von dem man annimmt, es sei das einzig Richtige – wodurch das wirklich Wichtige oft unerkannt an einem vorbeigeht. «Buddhistisch» ist übrigens als Eigenschaft überhaupt nicht gefragt in der Kontaktanzeigen-Szene. «Katholisch» schon eher.

Sugar (31) zum Beispiel sucht «einen richtigen Mann; dunkle Haare, blaue oder grüne Augen, 1.80 m gross und mit dem man Pferde stehlen kann». Würde Sugar (31) hin und wieder wirklich wichtige Western im Fernsehen schauen, wüsste sie, dass der einzig richtige Mann auf dieser Welt dunkles Haar und dunkle Augen hatte (ja, «hatte» in der Vergangenheitsform,

denn John Wayne ist leider gestorben). Und dass dieser richtige Mann
Pferdediebe am nächsten Baum aufknüpft. Die Erwartungen von Sugar
(31) sind also total widersprüchlich, die Enttäuschung programmiert.

Mit Besorgnis las ich letzte Woche im SMS-Treffpunkt die Anzeige von
Nash13: «Easy gnüsse, öbis unterneh ohni Bedstories. Suech endli mal en
Koleg ohni Hintergedanke. Gits da usse no öber vo derä Sorte.» Falls das
eine Frage war: Liebe Nash13: Nein. Gibt es nicht. Zwar wäre es sehr
hilfreich, wenn du es mal mit richtiger Sprache statt falschem Dialekt
versuchen würdest, aber trotzdem: Es gibt keine Männer ohne Hintergedanken. Hintergedanken sind der Grund, warum es überhaupt Männer
gibt! Wenn zum Beispiel Inserent 4222086 sich selbst als «lässig» und
«für alles offen» beschreibt, dann meint er vor allem eines.

Aber einen Tipp hätt ich für dich, liebe Nash13 und auch liebe Codenummer 475114. Ich meinti: «Geniessen Sie den Unterschied.» Das klingt
jetzt wieder nach Buddhismus und Yin/Yang, stammt aber ebenfalls
aus einem Inserat. Von Coop.

— **September 2007** —

Der Rapper Ice-T sagt in seinen Memoiren:
«Der männliche Sexualtrieb ist so stark, dass die gesamte Wirtschaft innerhalb
eines Tages zusammenbräche, wenn es ihn plötzlich nicht mehr gäbe.»

Von der Kunst des richtigen Lebens

Welcher Teil der Wohnung verrät am meisten über den Besitzer?»
Diese Frage stellte ein Interviewer dem Franzosen Jean-Louis
Deniot, der von Beruf Architekt und Interiordesigner ist – ich
glaube, Letzteres bedeutet Innendekorateur. Noch bevor Herr Deniot eine
Antwort gab, streifte ich in Gedanken durch die Wohnung von meiner
Liebsten und mir: Da füllen tausende Bücher über alles Mögliche die Re-
gale, ausgestopfte Tiere hängen an den Wänden, viele CDs und Schall-
platten sind fein säuberlich abgelegt, Dutzende von Gewürzen stehen in
der Küche und nicht zu vergessen das tolle Sofa von Ikea im Wohnzimmer.
Zum Beispiel. Wer uns also besucht, kann sich sicher schnell ein unge-
fähres Bild von uns machen: Wir lesen gerne, nehmen Musik ernst und
kochen ausführlich. (Die ausgestopften Tiere, das muss ich hier vielleicht
erwähnen, sind allein meine Passion. Mein Schatz erträgt sie mit Geduld
und Güte.)

Und wissen Sie, was Jean-Louis Deniot, dieser «Aufsteiger unter den
Pariser Interiordesignern», wie der Interviewer ihn bezeichnete,
was dieser Deniot also geantwortet hat? «Die Kunstsammlung.» Kurz
und knapp. Die Kunstsammlung.

Ich war schlagartig am Boden zerstört. Wäre Herr Deniot je bei uns zu
Besuch, er würde schnell feststellen, dass in unserer Wohnung nirgends
Kunst zu sehen ist. Alles andere schon: Zahnstocher mit Muscheln
obendran, die Schuh- und Täschlisammlung meiner Liebsten und sogar
ein Didgeridoo aus Australien. Aber keine Kunst. Deniot würde denken,
dass wir gar nicht wirklich existieren.

In Panik versetzt, überlegte ich mir, wie ich aus meinem kümmerlichen
Dasein durch Kunst ein richtiges Leben machen kann. Würde es helfen,

wenn ich unsere Wellensittiche Yves-Klein-blau bepinsle und sie als Kunstwerke an die Wand klebe? Wenn ich die Hälfte unseres Sofas mit Fett einreibe? Soll ich die Stubenfenster durch Kirchenfenster von Gerhard Richter ersetzen?

Herr Deniot wird es kaum glauben, aber aus meinem Dilemma half mir – ein Buch! Es steht in der Abteilung für Lebenskunst und heisst «Das kann ich auch. Eine Gebrauchsanweisung für moderne Kunst». Darin steht auf Seite 13: «Kaufen Sie lieber nichts» (also keine Kunst), sondern «sparen Sie das Geld lieber für ein schnelles Auto oder Kinokarten.» Und: «Kunst ist kein Ersatz für das persönliche Glück, den lieben Gott oder das richtige Leben.» Da hatten mein Schatz und ich und unsere Wellensittiche gerade noch mal Glück gehabt.

Beruhigt widmete ich mich der nächsten Frage im Interview mit Jean-Louis Deniot. Sie lautete: «Was war Ihr grösster Flop?» Seine Antwort war wieder kurz und kurlig: «Ich wüsste von keinem.» Da hat sich der Gute wohl schon wieder geirrt.

— **Oktober 2007** —

Herr Deniot hat mich dann doch inspiriert: Am 16. Dezember 2007 kaufte ich mein allererstes wirklich richtig echtes Kunstwerk. Ein Schwein von Rochus Lussi. Steht seither in der Küche.

Von der Erotik
im Kunstmuseum

Sie erinnern sich vielleicht an unser letztes Mal: Da brachte irgend so ein Innendekorateur mein Weltbild durcheinander, weil er sagte, am meisten über das Wesen einer Person verrate dessen Kunstsammlung. Um zu verstehen, was er damit gemeint haben könnte, besuchte ich letzten Sonntag die Kunstausstellung «Die andere Sammlung» im Museum von Ernst Beyeler in Riehen, dem weltwichtigsten Kunsthändler.

Gar lustige Bilder waren dort zu sehen: Frauen mit drei Augen und zwei Nasen. Rechtecke und Dreiecke, hinter denen ich einen Mandolinenspieler suchen musste. Und Gemälde, die waren einfach nur rot mit einem orangen Viereck darin. Das alles brachte mich zur Schlussfolgerung, dass Herr Beyeler, dem viele der gezeigten Bilder gehören, seinem Wesen nach ein Mensch mit sonderbarem Humor sein muss. Und einer mit viel Geld. Denn schon ein einziges Bild, gemalt von diesem testosteronstrotzenden Spanier, ist 45 Millionen Franken wert. Könnte es sein, so überlegte ich mir, dass der eingangs erwähnte Innendekorateur gar nicht weiss, dass es auf der Welt auch so arme Würste wie mich gibt?

Gleichermassen neugierig und pflichtbewusst ging ich von Bild zu Bild. Bis mir auffiel, dass ich nicht mehr lief, sondern schlenderte – genau wie die meisten anderen Museumsbesucher beziehungsweise vor allem die -besucherinnen. Vor dem «Bild mit drei Flecken» von dem Russen, der blaue Pferde malte, fiel mein Augenmerk von der Farbenvielfalt auf der Leinwand auf die bunte Kleidung der Betrachterinnen: Ganz offensichtlich hatten die meisten Frauen für den Museumsbesuch ihre liebsten Lieblingsgewänder angezogen. Sich darin wohl fühlend, gaben sich die Frauen ganz der Kunst und Kontemplation hin. Zumal sie sich absolut

40

sicher sein konnten, dass sie hier nie und nimmer von irgendwelchen Kerlen mit irgendwelchen Anmachsprüchen belästigt werden. Das wagt in einem Kunstmuseum schlicht keiner.

In den Räumen des Museums veränderte sich deshalb der Gang der Frauen. Ich habe noch nie so viele Frauen so entspannt in so fliessenden Bewegungen gehen sehen. Es war wunderschön anzusehen, ja geradezu erotisch. Man sollte, so dachte ich mir, überall in Bars und Restaurants und Diskotheken und Einkaufsläden und Bierzelten und Muki-Vaki-Turnhallen und Hallenbädern schöne Kunst aufhängen, damit sich die Frauen wohler fühlen und sich so geschmeidig sexy bewegen. Und in Zügen. Denn auf der Heimreise wars dann schon wieder vorbei mit dieser hinreissenden Natürlichkeit.

Kunst habe ich übrigens keine gekauft an diesem Sonntag. War mir schlicht zu teuer. Aber ich verstehe jetzt, warum Künstler die Frauen immer in fliessenden Pinselstrichen malen.

— **November 2007** —

Nach dem Kauf des Schweins (siehe No 58) haben wir unsere Küche neu streichen lassen. Weiss und Siena-Orange.

Begegnung
der dritten Art

Es gibt ja Menschen, die sind davon überzeugt, dass Ausserirdische schon lange mitten unter uns leben. Und damit meinen sie in der Regel nicht Michael Jackson. Sondern Leute, die so aussehen wie Sie und ich. Leute wie den Herrn, den ich letzte Woche kennenlernte. Er war, nach irdischer Zeitrechnung gemessen, um die 50 Jahre alt und setzte sich im Restaurant ungefragt neben mich, als ich gerade beim Znünikaffee in die Lektüre der Zeitung vertieft war.

Erst beachtete er mich gar nicht, aber als ich ihm betont freundlich einen guten Morgen wünschte, bemüssigte er sich mit tiefer Stimme: «Sei gegrüsst, Erdling.»

Erst dachte ich, das sei einer von jenen Chnuschtis, die mittels seltsamer Scherze den Kontakt zu ihren Mitmenschen verhindern. Doch im Verlauf des Gesprächs, das sich nun ergab, stellte sich heraus, dass er es durchaus ernst meinte. Menschen, sagte er, seien niedere Kreaturen, dumm und von Trieben beherrscht. Er aber sei weise, geführt vom Licht und gesandt vom Planeten Irgendwas, ich kann mich leider nicht mehr an den Namen seines Heimatsterns erinnern.

«Interessant», sagte ich, Commander Spock vom Raumschiff Enterprise zitierend, und dachte mir im Stillen: Eigentlich stimmt ja seine Logik. Denn wenn einer vom Gedanken «Alles dummi Sieche ausser ich» beseelt ist, muss er sich doch irgendwie vom Rest der Menschheit abheben. Sein Dasein als Ausserirdischer löst dieses Problem galant. Trotzdem glaubte ich ihm nicht. Was mich vor ein schwieriges Problem stellte: Wie kann ich ihm beweisen, dass er kein Ausserirdischer ist?

42

Über diese Frage mochte ich aber mit einem Ausserirdischen nicht disku-
tieren, ich habe schon genug ähnliche Debatten mit meiner Exfrau
und meinen drei Wellensittichen. Letztere brachten mich dann aber auf
die Lösung des Problems: Im Heft «P.M.», einem populärwissenschaft-
lichen Monatsmagazin, habe ich letzthin gelesen, dass wir nichts über
Ausserirdische wissen, ausser dass ihre Figur zwingend symmetrisch ist.
Ich habe zwar nicht ganz begriffen, warum das so sein soll. Aber wenn
dem nicht so wäre, schrieb das «P.M.», könnten Ausserirdische nicht auf
die Erde kommen.

Ich betrachtete also meinen grünen Wellensittich, stellte mir daraufhin
symmetrische grüne Marsmännchen vor und erkannte, dass der Herr
vom Restaurant ein dermassen schräger Vogel ist, dass er gar kein Ausserirdischer sein kann. Vielleicht ein ganz liebenswürdiger schräger
Vogel, aber auf alle Fälle ein menschlicher schräger Vogel. Meine Welt war
wieder in Ordnung. Und ich erkannte: Wellensittiche können einem im
Leben durchaus weiterhelfen.

— Januar 2008 —

Meine Exfrau rief mich an und sagte, dass es nicht nötig gewesen wäre,
sie extra zu erwähnen. Sorry, kommt nicht wieder vor.

Getrübte Mitte

Im Dorf, wo ich wohne, gibt es einen grossen schönen Dorfplatz. Ich lebe gerne in einer Ortschaft mit einem richtigen Zentrum, wo Menschen kommen und gehen, sich treffen oder trennen, plaudern oder schweigen. Es ist ein bisschen wie im eigenen Leben, da versucht man ja auch immer, aus seiner Mitte heraus zu denken und zu handeln.

44

Deshalb setze ich mich immer wieder gerne an einen Tisch des kleinen Restaurants, das sich direkt am Dorfplatz befindet, lasse mich bei einem Glas Schnitzwasser von der Sonne bescheinen und betrachte Fussgänger und Velofahrer. Aber in letzter Zeit bin ich mir nicht mehr so sicher, ob ich da noch weiterhin sitzen soll. Denn die Stühle, die bei schönem Wetter draussen aufgestellt sind, stehen auch direkt an der Strasse, und natürlich fahren dort den ganzen Tag Autos hin und her.

Vor allem die Offroader und Traktoren ziehen immer einen stinkenden schwarzen Rauchschwaden hinter sich her und beeinträchtigen erheblich mein Wohlgefühl. Ich meine: Wie soll man denn da noch in Ruhe rauchen können? Kaum zünde ich mir eine Zigarette an, kommt so ein Auto und stinkt mich voll. Dabei ist die Beeinträchtigung meines Geruchssinns noch das kleinere Übel. Viel schlimmer ist: Ich muss den Abgasdreck auch noch einatmen und schädige so meine Lungen.

Und wenn ich erst mal angefangen habe, mir Gedanken über meine Gesundheit zu machen, komme ich immer mehr ins Strudeln: Da fliegen Flugzeuge über mich hinweg, und das verbrannte Kerosin rieselt dann direkt in meine Lungen. Neben mir trinken Leute Kaffee und machen mit dem Kaffeedampf meine Nerven kribblig. Ich könnte in einen achtlos dahingeschissenen Hundehaufen treten, umfallen und mir dabei den Kopf zertrümmern. Oder mindestens den Ellenbogen brechen.

Ehrlich gesagt: Dann macht mir das Rauchen überhaupt keine Freude mehr. Manchmal, wenn meine erholsamen Genusspausen empfindlich beeinträchtigt werden, wünsche ich mir, unsere Gesundheitspolitiker würden endlich etwas dagegen unternehmen. Dafür habe ich die schliesslich gewählt. Zum Beispiel emissions-hermetisch abgeriegelte Dorfplatz-Zonen für Autofahrer und Nicht-Autofahrer. Oder tausend Franken Busse für diejenigen, die trotzdem mit dem Flugzeug fliegen. Ach ja: Und Arschzapfen für Hunde. Wegen der Ellenbogen.

Also ich finde, das wäre nicht mehr als gerecht. Dann könnte ich wieder richtig unbeschwert im kleinen Restaurant am Dorfplatz sitzen und über das Zentrum des Dorfes und die Mitte meines Lebens nachdenken.

— **März 2008** —

Manchmal, wenn ich auf dem Trottoir gehend rauche, wedeln Nichtraucher schon aus über zehn Metern Entfernung angewidert mit den Händen vor ihrer Nase, und das bei Gegenwind. Danke für den Hinweis, liebe Hysteriker.

Von Pauken
und Trompeten

V on einem Bekannten habe ich vorgestern vernommen, dass der Lärm der Stanser Musiktage bis zu ihm nach Oberdorf zu hören gewesen sei. Bis nach Oberdorf!, mit Ausrufezeichen, hat er geschimpft. Da muss ich sagen: Welcher Lärm? An den Musiktagen wird Musik gemacht!, mit Ausrufezeichen. Sonst würde dieses Festival ja Stanser Lärmtage heissen. Abgesehen davon: Ich selber wohne fast direkt am Stanser Dorfplatz, und ich kann hier und jetzt und öffentlich bezeugen, dass ich in meiner Wohnung nie auch nur die geringste Schallemission wahrgenommen habe. Auch wenn das vor allem daran liegt, dass ich die ganze Woche über einer der Letzten war, die nach Hause gingen …

Denn wenn etwas so Grossartiges, Schweiz-Bewegendes wie die Musiktage stattfindet, dann gehe ich raus ins Getümmel und geniesse das Ereignis. Weil ich es liebe, wenn es im Dorf, in dem ich wohne, pulsiert und vibriert, wenn es fliesst und flimmert und flirrt, kurz: wenn es lebt. Das gilt für Schwing- und Jodlerfeste genauso wie für die Fasnacht und die Älperchilbi. Und am liebsten sind mir die Stanser Musiktage.

Deshalb kann ich, mal ganz unter uns gesagt, auch nur schwerlich nachvollziehen, wenn es Leute gibt, die ausgerechnet während der Musiktage oder an der Älperchilbi exakt um Punkt zehn Uhr abends auf ihre Nachtruhe bestehen. Abends um zehn hat Susanne Wille von «10vor10» im Schweizer Fernsehen noch nicht mal fertig geplaudert … Klar: Wenn betrunkene Fasnächtler um drei Uhr nachts eine halbvolle Bierflasche in mein Schlafzimmer schmeissen, dann finde ich das auch nur begrenzt lustig. Aber hey: Wir haben Fasnacht!

Und wir hatten eben wieder die Stanser Musiktage. Das Fernsehen war da, alle Zeitungen haben über unser tolles Dorf geschrieben und was wir Eingeborene doch für unglaublich engagierte Musikfreunde seien, und von weit her sind Städter extra zu uns in die Berge gereist. Also ich finde, da sollte man sich freuen und mitfeiern statt schmollen und schlafen wollen. Und abgesehen davon: Von den voralpinen beschaulichen Alltagen gibt es bei uns noch immer genug.

Ich würde sogar noch einen Schritt weitergehen. Ich würde Christophe Rosset, den Verantwortlichen für das Hauptprogramm und treibende Kraft der Stanser Musiktage, zum Ehrenbürger von Stans ernennen. Weil er den guten Namen unseres Hauptortes bis weit über unsere Landesgrenzen hinausträgt. Und weil wir Stanser dann, wie jedes Dorf, das etwas auf sich gibt, auch einen richtigen Ehrenbürger hätten. Und ich würde Fabian Christen, dem Verantwortlichen des Rahmenprogramms, ebenfalls und offiziell einen Orden ans Revers pinnen. Und zwar ganz laut. Mit Pauken und Trompeten sozusagen.

— **April 2008** —

Ich betrachte das auch numerisch: Wenn 10 oder 100 oder 1000 Leute sich des Lebens freuen, warum sollte ich als Einzelner denen die gute Laune verderben? Da freue ich mich lieber mit.

Wie man Stil
entwickelt

Seit ich ein Interview mit dem amerikanischen Modedesigner Tom Ford gelesen habe, ist dieser Mann mein Vorbild in Sachen Kleidung. Denn er verwandelt nicht Stoff in Firlefanz und findet sich dann wieder mal unübertroffen. Sondern er erklärt den Männern, wie sie sich kleiden müssen, damit sie bei den Frauen Eindruck machen. Es geht hier also nicht um Mode, sondern um die gepflegte und deshalb optimierte Balz.

Zum Beispiel sollte ein Mann immer eine passende Uhr tragen, nicht zu protzig und keinesfalls zu billig. Denn Frauen schauen den Männern gerne auf die Hände, und so signalisiert der Uhrenträger der Betrachterin, dass er wohlhabend und erfolgreich genug ist, sie dereinst zu ernähren. Und beim Veston soll Mann i-m-m-e-r mindestens einen Knopf geschlossen tragen: Das betont die Taille und macht deshalb eine dynamische Figur, was wiederum Siegeswille und die Fähigkeit zu schützen signalisiert.

All diese Tipps sind mir eine grosse Hilfe, und natürlich sehe ich im Tom-Ford-Stil tatsächlich eleganter und interessanter aus als mit den bedruckten T-Shirts, die ich sonst so mag. Und ob Sie's glauben oder nicht, der Unterschied ist riesig: Als Tom Ford höre ich Sätze wie «Läck, siehst du gut aus». Wenn ich ein Heavy-Metal-T-Shirt trage, werde ich nur gefragt: «Was ist das denn?»

Unglücklicherweise hat sich Herr Ford in besagtem Interview nicht zum Thema Unterwäsche geäussert – er selber trägt keine. So gehe ich nach wie vor einmal im Jahr in meinen Lieblings-Sockenladen, kremple meine Hosen hoch und sage: «Ich hätte gerne wieder vierzehn Paar von exakt diesen.» Immerhin: Meine Socken sind schwarz.

48

Eine Lösung für mein neues Problem ergab sich, als ich letzthin in der Migros meine jährliche Unterhosen-Erneuerung durchführte, denn selbige sind neuerdings angeschrieben: «Men's Fashion A 3M». Das bedeutet wohl «Männermode, Kleidungsstück A, gekauft beim MMM-Migros». Das brachte mich auf die Idee: Die Migros sollte Kleidungssets im Setzkasten-System auf den Markt bringen. «A» steht dann für die Unterhose, «B1» und «B2» für die Socken, «C» für ein sauberes weisses Unterhemd, «D» für das faltenfrei gebügelte Hemd und so weiter.

Im selben System wie «Malen nach Zahlen» könnte auf diese Weise jeder Modemuffel, auch Frauen, sich selber ansehnlich einkleiden und ein Gespür für Stil entwickeln. Ich meinti sogar, dieses System wäre all den vielen Menschen eine Hilfe, die den ganzen Tag als optische Zumutung rumlaufen, als hätten sie keinen Spiegel zu Hause. Oder keine Freunde. Oder noch nie was von Tom Ford gehört.

— **Mai 2008** —
Unglücklicherweise unterschätzt Tom Ford die gravierende
Wichtigkeit von T-Shirts. Solche mit Göttern drauf oder Band-T-Shirts.
Die machen das Leben bunter.

Vom Kochen und Lieben

Gilla Robel ist solo. Sie möchte aber gerne eine Beziehung, in der sie Prinzessin ist. Und sie will, dass der Mann ihr 100 Prozent seiner Aufmerksamkeit gibt. Loren Woka, ebenfalls auf der Suche nach ihrem Traumprinzen, wünscht sich einen Charismatiker, älter als sie und notfalls auch graumeliert, auf alle Fälle grösser als einsneunzig und finanziell unabhängig. Und sie will keinerlei Kompromisse eingehen. Schliesslich will sie auf niemanden Rücksicht nehmen müssen.

In der deutschen Illustrierten «Stern» erzählen Frauen von ihrem Wunsch nach einer festen Beziehung und rätseln über der Frage, warum es einfach nicht klappen will mit der grossen Liebe. Ist ja auch eine schwierige Sache. Beate Weise zum Beispiel hatte sich auch immer die grosse Liebe gewünscht, und als sie sie gefunden hatte, als alle ihre Wünsche in Erfüllung gegangen waren, konnte sie nicht damit umgehen. Jetzt ist sie wieder solo und traurig.

Johanna Kremer schliesslich bekennt freimütig, dass sie allzu leicht auf narzisstische Typen reinfällt. Und sie ist verzweifelt darüber, dass alle Welt von Sex and the City spricht und sie selber niemanden abkriegt. Sie schreibt jetzt ein Buch über ihre Enttäuschungen.

Ich fürchte fast, dass dieses Buch, wenn es dereinst erscheint, in der Kochbuch-Abteilung landen wird. In der Art: Man nehme dies und das, bereite es nach Belieben zu und setze am Ende eine rote Kirsche obendrauf. Zutaten: 1.90 Meter Grösse, 100 Prozent Aufmerksamkeit, 0 Kompromiss. Das Ganze artig gewünscht beziehungsweise gefordert und am Ende so ungeniessbar wie die grosse Liebe von Beate Weise.

Ich werde dieses Buch nicht kaufen, denn ich meinti, Partner kann man sich nicht zusammenstellen wie Kochrezepte. Das heisst: Können tut man schon, aber es kommt nichts Gescheites dabei raus. Was also tun? Hilfreich finde ich die Idee von dem, was nach dem Kochen kommt: Das Essen. Denn wenn ich ein Gericht serviert kriege, das in sich stimmt und mundet, will ich mir nicht über die Zutaten den Kopf zerbrechen.

Der einzige Anspruch an einen potenziellen Partner müsste also sein: Stimmt er in sich und ist es ihm wohl in seiner Haut? Weil mich diese Frage direkt zur nächsten führt: Ist es denn mir selber wohl in meiner Haut? Vielleicht fällt Johanna Kremer deshalb immer wieder auf Narzissten rein, weil sie selber eine Narzisstin ist – und das stelle ich mir ziemlich ungemütlich vor.

Ach ja: Unglücklicherweise haben sich in besagtem «Stern»-Artikel nur Frauen über ihre Einsamkeit geäussert. Aber natürlich gilt das auch für Männer. Oder haben Sie schon einmal einen Mann gesehen, der nicht gerne isst?

— **Juni 2008** —
Vier Jahre später ging die Dating-App Tinder online und danach noch ein paar Wisch-und-weg-Apps mehr.
Das hat die Partnersuche noch viel narzisstischer gemacht.

Gott, die Welt
und die Menschen

Manchmal, wenn mir der Kopf schwer wird vom vielen Nachdenken über Gott und die Welt und die Menschen, geh ich einfach aus dem Haus und laufe ins Grüne. Denn Grün, sagen Mediziner, die etwas auf sich halten, sei gut für die Augen und ganz allgemein entspannend. Und die Esoteriker ordnen Grün dem Herz-Chakra zu.

52

Dann gehe ich über Wiesen und Felder und gucke in die tausend Schattierungen des Grüns unserer wunderschönen Berge, und damit ich nicht ins Nachdenken gerate, bringe ich meinen Atem in Einklang mit meinen Gang. Sechs Schritte lang einatmen, sechs Schritte lang ausatmen. Noch besser gefällt mir diese Variante: Sechs Schritte lang einatmen, während sechs Schritten die Luft anhalten, dann ebenso lange ausatmen und wieder sechs Schritte lang den Atem anhalten.

Das klingt vielleicht ein bisschen exzentrisch. Aber es hilft. Es leert den Kopf und füllt das Herz. Wenn ich danach zu Hause ankomme, ist meine Welt wieder in Ordnung, und manchmal kommen mir dann sogar richtig gute neue Ideen.

Ausser letzten Mittwoch: Wieder einmal folgte ich meinen Schritten, kam nadisna in Einklang mit Gott und der Welt und lief irgendwann beim ehemaligen Kapuzinerkloster in Stans vorbei, dort, wo früher Menschen lebten, die ihr Leben lang nichts anderes übten, als mit Gott und der Welt in Einklang zu sein. Ein wunderbarer Ort, eigentlich.

Doch das wohltuende Grün des Klostergartens ist jetzt nicht mehr zugänglich, abgeriegelt und geheim gehalten durch eine Firma, die sich im Kloster eingenistet hat und sich der Genforschung widmet, sprich am Menschen werkelt. Mein Atem geriet aus dem Rhythmus in Anbetracht des Umstands, dass jetzt im Kloster Menschen ungeniert der Natur ins Handwerk pfuttern. Dass Menschen das Gleichgewicht zwischen Gott und der Welt durcheinanderbringen, und das auch noch mit dem Segen anderer Menschen.

Sie forschen zur Heilung seltener Krankheiten, sagen die Leute, die jetzt im Kloster tun und lassen dürfen, was sie wollen. Aber ich meinti, es gibt genügend andere Krankheiten, die gar nicht so selten sind und zu deren Erforschung man keine Gene manipulieren muss, die aber dringend einer Heilung bedürfen. Überheblichkeit und Blindheit im Herzen zum Beispiel. Und Trägheit.

Immerhin: Noch existiert der Klostergarten mit seinen tausend Schattierungen von Grün. Diejenigen, die dort arbeiten, können ja zwischendurch darin ein paar Schritte gehen, schauen und ihren Atem mit ihren Schritten in Einklang bringen. Zum Anfang täts auch ein Rhythmus von drei Schritte einatmen und drei Schritte ausatmen. Und mir bleibt derweil immer noch das Grün vom Rest der Welt.

— Juli 2008 —

Die Firma Mondo Biotech ging dann irgendwie bankrott und verliess das Kloster sang- und klanglos. Gottlob. Im Frühling 2020 eröffnet im Kloster das Kompetenzzentrum Kulinarik des Alpenraums. Da freuen wir uns drauf.

Massnahmen
zur Sozial-Hygiene

Es hat Vorteile, im Hauptort eines Kantons zu wohnen. Man geht dort viel mehr als in den abgelegenen Dörfern mit der Zeit, weshalb sich die ganze Ortschaft nach den neuesten Erkenntnissen der Psychologie entwickelt. Zum Beispiel in Stans der neue Bahnhof: Seit der Umbau fertig ist, wird das ganze Areal grosszügig mit hellen grellen Neonlampen ausgeleuchtet. Seither kann ich als Anwohner auch mitten in der Nacht auf meiner Terrasse Zeitung lesen.

Aber bloss wegen mir wird der Bahnhof ja nicht geflutlichtet, und mit moderner Psychologie hat Lesen auf dem Balkon nichts zu tun. In Wahrheit wird der Bahnhof so voltstark illuminiert, weil helles Licht eine abschreckende Wirkung auf dunkle Gestalten hat. Also all die zwielichtigen Figuren, die Abhänger, die möglicherweise randalierenden Jugendlichen und sonstigen grölenden Betrunkenen, alle Klein- und Grosskriminellen und -kriminellinnen und Gott sei Dank auch alle Haschfixer treiben sich jetzt nicht mehr am Bahnhof, ja nicht mal mehr in der Umgebung des Bahnhofs rum, denn sie meiden das Licht.

Und für den Fall, dass trotzdem einmal eines dieser Individuen, derer die Polizei habhaft werden sollte, des Nachts auf dem Bahnhofgeländ rumlümmelt, hat die Gemeinde kürzlich eine Tempolimite von 20 kmh eingeführt. Wer also mit dem Töffli oder gar mit dem Auto vor der Polizei fliehen will, der muss das so langsam tun, dass die Polizei ihn sogar mit einem kurzen Sprint zu Fuss einholen und verhaften kann. Da fühl ich mich doch gleich extrem sicher! Und überhaupt: Verfolgungsjagden zu Fuss sparen Benzin, weshalb die 20er-Zone auch ein Beitrag zur Verzögerung des Klimawandels ist – auch hier geht Stans voll mit der Zeit.

Und die Möglichkeiten, sozial-hygienisch zeitgeistgerecht zu sein, sind ja noch längst nicht ausgeschöpft. Wie in Parkhäusern könnte man auch am Stanser Bahnhof die Sicherheit zusätzlich erhöhen, indem man das ganze Gelände zumindest während der Nacht mit Radio beschallt. Forschungen haben nämlich gezeigt, dass Stimmen, und wenn sie nur aus dem Lautsprecher kommen, das beruhigende Gefühl von Sicherheit geben.

Ich meinti sogar, es wäre des Weitern zu erwägen, spezielle Frauenperrons einzurichten, damit Spätheimkehrerinnen beim Aussteigen aus dem Zug nicht von männlichen dunklen Gestalten und bösen Buben belästigt werden, weil sich diese ja auf Frauenperrons nicht aufhalten dürften.

Bis es so weit ist, lese ich nachts meine Zeitung auf dem Balkon und beobachte mit Argusaugen, ob sich keine Nachtschattengewächse auf dem Bahnhofgelände rumtreiben.

— **August 2008** —

Fazit: Der Bahnhof Stans ist ein aktiver Lichtverschmutzer. Wo doch mit Bewegungsmeldern gleichermassen Sicherheit und Wohnlichkeit möglich wäre.

Mein Ausflug
in die Natur

Letzten Sonntag war das Wetter zu schön, um den ganzen Tag zu Hause im Pyjama rumzulümmeln, aber zu unsicher für ausgedehnte Ausflüge im Freien. Ich entschied mich deshalb für eine kleine ziellose Ausfahrt auf meinem Velo. Das mach ich hin und wieder ganz gerne: Einfach so durch die Gegend pedalen und mir immer wieder diesen wunderbar schönen Flecken Erde anschauen, wo ich so gerne zu Hause bin.

Dann geh ich zum Beispiel die Hühner gucken, die in der Nähe des Schwybogens in Stans in einem Gehege gackern, und beneide den Gockel um sein schönes Leben in Polygamie.

Letzten Sonntag also radelte ich wieder mal los auf meinem alten Bike und hielt erstmal am Gnappiried nach Lurchen Ausschau, sah aber nur ein demoliertes Auto, das militärischen Übungszwecken dient. Ich kreuzte die Hauptstrasse, überquerte illegalerweise die ungenutzte Flugzeug-Landepiste und fuhr entlang des Scheidgrabens Richtung Ennetbürgen. Das ist der Bach, der noch nicht ausgebaut war, als vor drei Jahren die Engelbergeraa aufs Flugfeld umgeleitet wurde, Sie erinnern sich an die Überschwemmungen …

Den haben sie ganz schön hingekriegt, dachte ich mir vom Sattel aus, allerlei bunte Blumen blühen, und der Bach ist so geführt, dass Kreuchern und Fleuchern wohl ist. Sorgfältig ist entlang des Weges Kunst aus Stein und Eisen ausgestellt. Ein richtig schöner Naherholungspfad in der Natur …

Bis mir augenfällig wurde, dass die Natur entlang des Baches nicht wuchert, wie sie sollte, sondern fein säuberlich hergerichtet ist. Ich

meinti, das ist natürlich okay so, anders gehts ja gar nicht. Aber einem
Waldläufer wie mir zwickt es trotzdem im Herzen, mich in einer so zweck-
orientiert hergerichteten Natur zu bewegen.

In meiner friedlichen Sonntagsstimmung angeschlagen, fielen mir
deshalb in Ennetbürgen und Buochs die Gärten und Wiesen um die
Wohnhäuser umso mehr auf. Jedes, aber absolut jedes Vor- und Hinter-
gärtchen, jeder Blätz Rasen ist peinlichst sauber gepflegt und gemäht,
abgegrenzt, markiert und verziert. Es kam mir vor wie Disneyland,
wie Leben im Legopark. Alle paar Meter entdeckte ich zudem Verbots-
und Gebots-Tafeln: Hier darf man nicht mit dem Pferd durch, Hunde
muss man an der Leine führen, «bitte verlassen Sie um 22 Uhr diesen
Platz», hier nicht lärmen, dort nicht schneller als 20 fahren. Fehlt nur
noch ein Schild «Lachen verboten».

Als mich am Quai in Buochs auch noch ein Spaziergänger übel be-
schimpfte, weil ich schon wieder illegalerweise nicht vom Velo gestiegen
bin, wusste ich, dass all diese Verbotsschilder ihre Wirkung tun. Ich
wünschte mich in den Wald … Radelte aber stattdessen nach Hause und
setzte mich erstmal auf die Terrasse. Herrlich: Im Geranienkistli
blüht der Schnittlauch, zwischen den Bodenplatten quillt das Unkraut.
Wild wuchernde Bohnenranken hangeln an der Wäscheleine. Ich beschloss, den Rasen nicht zu mähen.

— **Oktober 2008** —

Radeln ohne Ziel ist schön, weil man dann die Landschaft aufmerksamer
betrachtet. Zurzeit kurve ich gerne in Stansstad rum. Der dortige
Gemeinderat gibt sich sichtbar Mühe, dieses Dorf wohnlich zu machen.

Geld zählen
auf der Bank

Ich würde mich durchaus als rechtschaffenen Bürger bezeichnen: Ich zahle Steuern, Telefon, Alimente und überhaupt jeden Einzahlungsschein, der in meinen Briefkasten flattert, ich habe ein Spar- und ein Altersvorsorgekonto, weil Sicherheit ja so unglaublich wichtig ist, und ich wurstle nicht an der Börse herum, weil ich das sowieso nicht verstehe. Deshalb musste ich einen Fachmann von der Bank fragen, was da genau los ist mit der Finanzkrise, von der jetzt alle reden. Das sei ganz einfach, erklärte dieser: Da ist ganz viel Geld verschwunden, das gar nie existiert hat, und jetzt ist unser aller echtes Geld in Gefahr.

Aha. Also mir ist das ein Rätsel. Aber immerhin: UBS-Präsident Peter Kurer hat in einem Interview gesagt: «Es ist etwas passiert.» So wie Schnee und Hagel passieren. Da kann niemand was dafür. Und er versteht die Sache mit dem Geld, das nicht existiert, offensichtlich auch nicht. Sonst hätte er etwas gesagt wie «Wir wollten die ganze Welt abzocken und haben euch alle über den Tisch gezogen».

Wenn also nicht mal der UBS-Boss versteht, was da genau passiert, wie soll dann ich das begreifen? Genau deswegen machte mich mir natürlich Sorgen. Sicherheitshalber ging ich deshalb vorgestern zu meiner Bank, um nachzuschauen, ob mein Geld überhaupt noch auf meinem Konto ist, oder ob sich das nun auch schon in Luft aufgelöst hat. Ich darf Ihnen leider nicht sagen, wie viel Geld genau auf meiner Bank ist, weil ich ja an das Bankgeheimnis gebunden bin. Nur soviel: Es liegt nicht bei der UBS.

Es klappte: Ohne zu zögern bestellte die nette Dame am Schalter mein Geld aus dem Keller, zählte alles sorgfältig ab und gab es mir in die Hand. Ich zählte nach. Alles da. Wunderbar. Ein schöner Anblick, wie mein

Sparbatzen friedlich in meiner Hand ruhte – im besten Sinne des Wortes, denn bei meiner Bank, so heisst es jedenfalls in deren Werbung, muss mein Geld arbeiten. Und jetzt hatte es eine kleine Pause.

Erleichtert gönnte ich mir erstmal ein mit viel Ei und Mayonnaise belegtes Brötchen in meiner Lieblings-Bäckerei. Ich betrachte das als Bonus für jahrelanges sorgfältiges Sparen, im Gegensatz zu Herrn Kurer.

Meine Krisenstimmung war fürs Erste gebannt. Geld, das nicht existiert, kann gar nicht verschwinden. Und wie wir ja inzwischen alle wissen, holen sogar Magier wie Copperfield die Münzen nicht aus der Luft, sondern haben sie zuvor im Ärmel versteckt, für uns unsichtbar, aber real.

Ich sehe mein Erspartes ja auch nicht jeden Tag. Aber wenn die Finanzkrise schlimmer wird, frage ich das nächste Mal bei meiner Bank, ob ich in den Keller runtergehen und meinem Geld beim Arbeiten zuschauen darf.

— **November 2008** —

Das Geld-Zählen auf der Bank war nicht ganz so einfach wie hier geschildert: Erst holte die Dame am Bankschalter den Chef, der willigte «ausnahmsweise» ein, das Geld wurde abgezählt, bevor es mir übergeben wurde, und erneut abgezählt, bevor es wieder im Keller verschwand. Dort liegt es heute noch und ist weniger wert als damals.

The Age
of Less

Schön blöd, das mit der Wirtschaftskrise. In einer gescheiten Zeitung habe ich vorgestern gelesen, dass die fetten Jahre nun definitiv vorbei seien und das Zeitalter der Entbehrungen begonnen habe. Und dass diese Epoche auch schon einen Namen habe: «The Age of Less», übersetzt ungefähr «das Zeitalter des Weniger». Es las sich in der Überschwänglichkeit der Worte fast ein bisschen wie Tolkiens «Herr der Ringe», Sie wissen schon: (mit tiefer Stimme ansetzen) Die Rückkehr des Königs macht der Zeit von Mittelerde ein Ende …

Das Age of Less zeichne sich dadurch aus, dass man zum Beispiel in England, wo im Durchschnitt ein Drittel der eingekauften Lebensmittel in den Abfallkübel geworfen werde, lernen müsse, besagten Drittel zu essen statt wegzuwerfen, um so Geld zu sparen. Und dass man in der Schweiz in Zukunft beim Kauf eines neuen Autos auf dessen Benzinverbrauch werde achten müssen.

Da bin ich ja froh, dass ich einerseits kein Engländer bin und anderseits keinen Offroader fahre. Wobei mir ehrlich gesagt der Umstand mehr Sorgen macht, dass man mündigen Bürgern erklären muss, dass man Lebensmittel nicht einfach so in den Mülleimer schmeisst. Und die Stop-Offroader-Initiative haben Sie ja hoffentlich auch schon längst unterschrieben …

Auf alle Fälle habe ich nach der Lektüre des besagten Artikels nachgedacht und beschlossen, mich gewissenhaft auf das Age of Less vorzubereiten: Ich werde ab sofort im doppelspurigen Kreisel beim Polizeiposten nur noch auf der Innenspur fahren, um Umwege zu vermeiden. Ich werde mich gegen den geplanten grossen Abfallkübel im Wellenberg wehren, damit die Wegwerf-Mentalität der Stromlobby endlich ein Ende findet. Ich wünsche mir einen auf sechs Mitglieder reduzierten Bundesrat, damit wir auf den aktuellen Kandidaten ganz verzichten können. Und ich werde mir, wie gefordert, neue, innovative Geschäftsmodelle einfallen lassen.

Zu Letzterem habe ich bereits eine Idee: Bald geht ja das alte Jahr zu Ende, und an Silvester müssen wir wie immer gute Vorsätze fürs neue Jahr fassen. Das ist oft mühsam, weil man die dann ja auch einhalten sollte. Aber hey: Ich bin die Rettung! Sie können mir Ihre guten Vorsätze verkaufen. Zum Beispiel mit dem Rauchen aufhören. Sie bezahlen mir täglich den Gegenwert von zwei Päckli Zigaretten, und ich höre für Sie mit dem Rauchen auf. Oder Sie bezahlen mir einen angemessenen Stundenlohn, und ich gehe für Sie joggen. Gegen Aufpreis auch Nordic Walken. Sie wollen nächstes Jahr weniger Alkohol trinken? Ich erledige das für Sie.

Zögern Sie also nicht, Ihre guten Vorsätze mir zu überlassen und sich Ihrerseits angemessen auf das Age of Less vorzubereiten. Sie kennen ja meine Nummer.

— **Dezember 2008** —

Meine Bemühungen haben Wirkung gezeigt: Christoph Blocher wurde zwar trotzdem gewählt, aber das Atommüll-Endlager im Wellenberg ist erledigt, und im Polizeiposten-Kreisel stehen die Autos jetzt des öftern im Stau – so fahren sie wenigstens nicht.

Von Rätseln
und Lösungen

Eigentlich bin ich nicht so der Knobler-Typ: Mir fehlt die Geduld, so lange an diesem Zauberwürfel rumzuschrauben, bis alle Farben auf der richtigen Fläche sind. Und wie manche Leute stundenlang an japanischen Sudokus rumstudieren können, ist mir ein Rätsel: Ich bin ja schon froh, wenn ich es einmal im Monat schaffe, meine Einzahlungen korrekt zusammenzuzählen, da will ich mich nicht zusätzlich mit Zahlenquadraten abmühen.

Trotzdem liess ich mir letzthin von einem Kollegen, einem leidenschaftlichen Sudoku-Knobler, dieses Spiel erklären, man muss ja schliesslich mitreden können. Und siehe da, es schien mir nicht halb so kompliziert, wie ich befürchtet hatte. Bis ich ein paar Tage später alleine versuchte, ein Sudoku zu lösen – und nach zwanzig Minuten entnervt den Kugelschreiber in die Ecke schmiss. Ich gebe es ja zu, hier und öffentlich: Zahlen sind nicht so mein Ding (und ich will jetzt nicht von meiner Person ablenken mit der Bemerkung, dass ja ganz viele Finanzkrisen-Banker ganz offensichtlich auch keine Ahnung von Zahlen haben).

Aber immerhin: Eine Niederlage vor einem schnöden Sudoku konnte ich nicht einfach so stehen lassen, mein Kampf- beziehungsweise Knoblergeist war geweckt, und so entwickelte ich quasi als Vergeltungsschlag eine neue Form von Rätsel. Es heisst «Erkenne den Promi» und ist ganz einfach: Blättern Sie in einer Illustrierten Ihrer Wahl, betrachten Sie irgendein Bild von einer prominenten Person und versuchen Sie herauszufinden, wer das ist – ohne die Bildlegende zu lesen!

Ich nenne dieses Spiel «Botox-Memory»: Wer einen Promi trotz Botox-Verunstaltungen und Schönheitsoperationen erkennt, erhält einen Punkt. Wer die meisten Punkte sammelt, gewinnt. Für Heiterkeit und verschiedene Schwierigkeitsgrade sorgen die Prominenten selber. Der Schauspieler Mickey Rourke zum Beispiel wartet alle paar Monate mit einem völlig neuen Gesicht auf. Beyoncé, Rihanna, Christina Aguilera und Jennifer Lopez gleichen sich wie ein Ei dem anderen. Und die Sängerin Madonna sieht inzwischen aus wie eine Schuhschachtel – die könnte also problemlos auch auf einem Vögele-Inserat auftauchen.

Eine Variante dieses Memory-Spiels funktioniert übrigens auch ohne Botox und Prominente. Ich nenne es «Heim-Memory», es funktioniert mit ganz einfachen Fragen wie «Wer ist diese Person, die mich frühmorgens immer so verschlafen aus dem Badzimmer-Spiegel anschaut?» oder «Bin das wirklich ich auf diesem Foto?» und gipfelt in der Königsfrage «Wer bin ich?»

Sie sehen, man kommt im Leben ganz gut auch ohne Sudoku aus. Jetzt sollte bloss noch jemand eine Lösung finden, wie man auch ohne monatliche Einzahlungen auskommt…

— **Januar 2009** —

Leider habe ich bis heute nicht herausgefunden, wie man die monatlichen Einzahlungen umgehen kann. Sudoku habe ich seither auch keines mehr gelöst. Und manche Promis sind inzwischen bis zur Unkenntlichkeit verbotoxt. Schön blöd.

Willst du mein Freund sein?

Letzte Woche erhielt ich eine Mail, in dem eine Frau anfragte, ob sie meine Freundin sein dürfe. Keine von diesen «Olga will dich»- und «Willst du Viagra»-Schmuddelmails, sondern topseriös. Mit dem entsprechenden Link könne ich der Frau meine Freundschaft bestätigen. Ich weiss den Namen der Dame nicht mehr, aber Ehrenwort, ich schwörs: Neben ihrem Namen war ein Pferd abgebildet! Weshalb ich natürlich zuerst lauthals losprusten musste, weil mir dabei mein Lieblingswitz einfiel von dem Pferd, das in eine Bar kommt.

Aber Spass beiseite beziehungsweise Pferd raus aus der Bar: Bei genauerem Hinsehen wurde mir klar, dass ich bei Facebook gelandet war. Sie wissen schon: Facebook, die Internet-Community, wo sich Leute auf der ganzen Welt vernetzen und sich gegenseitig berichten, was sie den ganzen Tag über so tun. Das ist durchaus in Ordnung, wenn man nichts Gescheiteres zu tun hat. Aber wie kam die Frau mit dem Pferdebild ausgerechnet auf mich? Was hat Facebook mit mir zu tun?

Nach langem Nachdenken fiel mir ein, dass ich vor etwa sechs Wochen aus reiner Neugierde www.facebook.com besuchte, aber da kam bloss eine Seite, wo ich meinen Namen reinschreiben musste, und danach kam eine neue Seite, die nach überhaupt nichts aussah, weshalb ich diesen Ausflug beendete und auf anderen Seiten weitersurfte. Aber das hat offensichtlich gereicht, um mich offiziell zum Facebook-Mitglied zu machen, und deshalb kam also die Anfrage vom Pferd.

Nun war ich also Facebook-Mitglied. Mit dem Gefühl, total in zu sein, loggte ich mich erneut in die Seite ein und klickte das Feld «Freunde suchen» an. Aber wen sollte ich suchen? Natürlich dachte ich zuerst an Michel. Weil er erstens mein Freund ist und zweitens nur ein Stockwerk über mir wohnt. Ich tippte also «Michel» ein – und prompt erschien er als Facebook-Mitglied. Nun schickte ich ihm meinerseits besagte E-Mail, in der ich ihn um seine Freundschaft anfragte. Ohne Pferde-Bild, nebenbei.

Es vergingen keine zwei Minuten, da schwang die Tür meines Büros auf, und Michel betrat leibhaftig den Raum. Er lächelte gütig und sagte: «Ich bin doch schon längst dein Freund.» Da hatte er allerdings recht.

Was also tun? Wir gingen erstmal ins Restaurant nebenan und gönnten uns ein Bier. Wie Sie inzwischen wissen, reden Michel und ich dabei nicht wirklich viel. Darum werden wir uns künftig auch nicht per Facebook gegenseitig mit Belanglosigkeiten vollquasseln. Aber als ich wieder nach Hause kam, schrieb ich einer alten Kollegin aus der Ostschweiz eine Postkarte: Lange nicht gesehen, schrieb ich, wie wärs wenn wir uns wieder mal treffen?

— **Februar 2009** —

Nach dem kometenhaften Aufstieg von Facebook folgte ein doch anschaulicher Abstieg, weil es vielen Leuten nicht egal ist, dass Facebook-Besitzer Mark Zuckerberg unsere Daten sammelt und verkauft. Dummerweise hat dann das überaus triviale Snapchat Facebook den Rang abgelaufen. Aber auch das ändert sich wieder.

Wie Singles in Bewegung bleiben

Mein Kollege Roger ist ein aufmerksamer Mensch: Er liest Zeitung und beobachtet Menschen. Das gefällt mir, und deshalb frage ich ihn manchmal, wies denn so steht um die Welt. Vorgestern war er ganz besorgt: Er hat gelesen, dass in der Schweiz jedes Jahr 25'000 Ehen geschieden werden. «Stell dir vor, das sind 50'000 neue Singles. Die muss man alle irgendwie beschäftigen.»

Denn wie Sozialwissenschaftler dank umfangreicher Studien inzwischen herausgefunden haben, sind Singles gar nicht wirklich glücklich. Entweder sie sind traurig, weil sie noch nicht über ihren alten Partner hinweggekommen sind. Oder sie sind traurig, weil sie noch keinen neuen Partner gefunden haben. Auf alle Fälle brauchen Singles dringend jemanden, der ihnen hin und wieder glaubhaft versichert, dass das Leben trotzdem schön ist. Und die Partnersuche nicht zwingend ein Krampf.

Roger wüsste auch schon, wie er das anstellen würde und wo. In seinem Fitness-Center nämlich. Denn dort, so hat er beobachtet, kommen Singles gerne hin. Irgendwie muss schliesslich wieder Bewegung ins Leben kommen. Und Fitness-Center gelten als gute Kennenlern-Börsen. «Aber weisch», erzählt Roger, «die trainieren alle stur und still vor sich hin, dabei könnte man hier locker plaudern und sich zu neuen Paaren finden.» Roger, der Menschenkenner, sagt ganz enthusiastisch: «Ich meinti, ich wüsste sogar genau, wer hier zu wem passen würde.»

Spontan beginne ich zu mutmassen: Vielleicht die Männer, die beim Gewichtstemmen ein schmerzverzerrtes Gesicht reissen, zu denjenigen Frauen, die schon mit einer Leidensmiene zur Tür hereinkommen. Die Hüpfer zu den Hopsern. Oder die extremen Ausdauersportler zu den extremen Schnellkraftlern zwecks Finden einer gemeinsamen Mitte.

Sicherheitshalber verkneife ich mir die Bemerkung, dass man dann auch gleich den Wellness-Bereich in eine Kennenlern-Zone umfunktionieren könnte mit frischen Fruchtsäften und bunten Blumen und Postern von Palmen und so. Denn sonderbarerweise bin ich immer der Einzige, der bei solchen Scherzchen lachen muss. Vielleicht deshalb, weil viele Leute beim Stichwort Sauna in eine ganz andere Art von Hitze geraten.

Dabei finde ich die Idee nicht mal so abwegig. Ganz grosse Poster aufhängen von Dingen, die im Alltag nicht stattfinden. Blumen anschauen und sich darüber freuen. Und natürlich: Frischen Fruchtsaft trinken. Ist gesund. Auf alle Fälle: Das Nahe betrachten und neue Horizonte schauen. Das hilft. Und das gilt übrigens bei weitem nicht nur für Singles.

— **März 2009** —

Wie ich beim Schreiben von der Hitze der Sauna auf Poster-Aufhängen und Blumen-Anschauen gekommen bin, ist mir heute ein Rätsel. Aber das mit dem Horizont hilft auf alle Fälle.

Wie man anständig Tiere isst

Die Fastenzeit ist vorüber, jetzt darf ich wieder Fleisch essen, was ich ganz toll finde. Vor allem jetzt, wo der Frühling seine Blüten treibt und die Kühe, Schafe und Schweine wieder auf die Weid dürfen – und natürlich auch all die Ziegen, Lamas, Hasen und Strausse. Manchmal schaue ich den Tieren zu, wie sie sich übermütig an der Sonne austoben, und dann habe ich das beruhigende Gefühl: Das sind glückliche Viecher, zu denen wird Sorge getragen.

Denn wenn ich glückliche Tiere sehe, finde ich es auch irgendwie okay, dass sie dereinst als Wurst auf meinem Teller landen. Oder als Beinschinken. Es ist wie eine Abmachung und auch eine Frage des Anstands: Der Bauer beziehungsweise der Züchter garantiert den Tieren ein heiter-schönes Leben, dafür gehen diese (also die Tiere, nicht die Züchter) dann auch erhobenen Hauptes zum Metzger, um dort vom Leben in den Tod befördert zu werden und schliesslich als Schnitzel auf meinem Teller zu enden.

Deshalb ist mir zum Beispiel chinesische Pouletbrust zu 12 Franken das Kilo höchst suspekt: Ich kann mir einfach nicht vorstellen, dass sich diese Hühner in ihrem Leben je als Huhn gefühlt haben. Ihr Fleisch schmeckt ja auch wie nasser Karton.

Noch weniger kann ich mir vorstellen, dass die Züchter von dermassen unfair behandelten Lebewesen abends fröhlich einschlafen, wenn nebenan ein ganzer Stall voll todtrauriger armer Tierli vor sich hinvegetiert.

Am allerwenigsten aber kann ich mir vorstellen, dass das, was der Verband Schweizer Fischzüchter letzthin offiziell hat verlauten lassen, tatsächlich ernst gemeint war. Vielleicht haben Sie mitgekriegt, dass der Unternehmer Hans Raab wegen seiner Fischzucht in St. Gallen Ärger hat mit der Tierschutzorganisation Fair Fish: Die Fische würden nicht ordentlich getötet, meint der Chef von Fair Fish. Da will ich mich nicht einmischen. Was mich an dieser Geschichte nachhaltig irritiert, ist die Reaktion des Verbands Schweizer Fischzüchter. Wörtlich: «Dieser Fischzucht-Dilettant konnte den Behörden einreden, dass Fische Schmerzen erleiden oder seelisch leiden.» Das haben die tatsächlich gesagt.

Ich meinti, wenn ein frisch gefischter Fisch im Gras zappelt, sieht das nicht aus, als würde er das besonders lustig finden. Sowohl körperlich als auch seelisch. Aber vielleicht habens die Leute vom Fischzüchterverband einewäg nicht so mit den Seelen. Ist ja auch alles irgendwie so fürchterlich esoterisch. Aber wenns hilft: Die Forscherin Lynne Sneddon von der Universität Liverpool hat schon vor fünf Jahren wissenschaftlich nachgewiesen, dass Fische Schmerzen empfinden. Seele hin oder her. Ich jedenfalls will ab sofort keinen Fisch mehr essen, der mit dem Segen des Verbands Schweizer Fischzüchter «hergestellt» wurde.

— **April 2009** —
Im Grunde ist es ganz einfach: Wenn ein Tier sterben muss,
damit ich es essen kann, dann will ich, dass es vorher ein würdiges Leben hat
und einen anständigen Tod.

Wenn andere
die Welt retten

Man soll ja jeden Tag eine gute Tat vollbringen, sagen die Pfadfinder, denn gute Taten ebnen den Weg in ein Leben als besserer Mensch, und das wiederum ermöglicht ein gutes Gewissen. Aber das ist gar nicht so einfach. Einer alten Frau über die Strasse zu helfen, wie das in Pfadfinderbüchlein gerne zitiert wird, zählt nicht, denn das hat lediglich etwas mit Aufmerksamkeit zu tun. Ordentliches Grüssen, Tischmanieren und den Älteren den Vortritt lassen gelten auch nicht: Das ist ganz normaler Anstand. Auch wenn das manchen Menschen ziemlich schwerfällt.

Gute Taten sind von grösseren Dimensionen. Die Welt retten zum Beispiel. Oder auf Leggings verzichten, wenn man übergewichtig ist. Aber das ist noch viel schwieriger. Was also tun?

Ich habe vor einiger Zeit beschlossen, Organisationen finanziell zu unterstützen, die einen engagierten Beitrag zur Weltrettung leisten. Spendengesuche landen ja mehr als genug in meinem Briefkasten: Kinderdorf, Caritas und Glückskette, SRK, WWF und SVP. Letztere kriegen nie was von mir, die haben schon den Christoph Blocher als Geldgeber, und die Welt haben sie auch noch nicht gerettet.

Aber die Médecins sans Frontières unterstütze ich jedes Mal, weil ich Ärzte bewundere, die freiwillig in Krisengebiete gehen und dort Kriegsversehrte wieder zusammenflicken. Oder Beat Richner, der in Kambodscha Spitäler baut und Menschen gratis operiert. Oder die Solidarité Liban-Suisse, die im Libanon überkonfessionelle Schulen aufbaut.

Seither kriege ich auch regelmässig Briefe, in denen sich Hilfsorganisationen für die eingezahlten Nötli bedanken. Ausser vom WWF und von Greenpeace. Die schreiben zwar auch, dass sie es toll finden, wenn sie

70

dank meiner Unterstützung Wale und Pandas retten können. Aber die schicken mindestens viermal pro Jahr einen neuen Einzahlungsschein für den Jahresbeitrag zur Mitgliedschaft. Also entweder bin ich bei Greenpeace vierfaches Mitglied, oder bei denen stimmt etwas in der Buchhaltung nicht. Oder der Beitrag ist gemeint als Patenschaft für die Tiere, die sie jeweils auf ihren Briefcouverts abbilden. Doch dann wäre ich zwar Pate einer Weddellrobbe, einer Röhrenkoralle, eines Gelbflossenthunfischs und einer epiphytischen Orchidee im afrikanischen Regenwald – aber nicht Mitglied.

Das ist am Ende ja auch egal. Hauptsache, die kriegen mein Geld und machen damit etwas Sinnvolles, eben die Welt retten. Jetzt muss ich nur noch herausfinden, warum bei all der Einzahlerei mein schlechtes Gewissen trotzdem noch nicht beruhigt ist.

— **Mai 2009** —

Hat Greta Thunberg eigentlich ein Spendenkonto?

Todesgefahr
im Alltag

Ü berall, wo nackte Füsse gehen, lauert Gefahr.» Das hat die Frau im Frühstücksfernsehen letzten Dienstag gesagt, nein, sie hat gewarnt! Vor Fusspilz. Denn zu diesem Satz zeigte das Fernsehen ein Bild von einem nackten Fuss, aus dem allerlei Pilze wuchsen, Totentrompeten und Eierschwämme, und mir wurde schlagartig die schwammige Todesgefahr von Fusspilz bewusst. Sofort zog ich mir also ein Paar Socken über meine armen Füsse. Gefahr gebannt.

Zum Frühstück blätterte ich in der Zeitung, und was las ich schon auf der ersten Seite? «Bakteriengefahr in der Dusche». Legionellen-Bakterien fallen von der Brause über einen her! Das war jetzt ziemlich unangenehm, denn ich hatte bereits geduscht und fühlte mich jetzt verständlicherweise ziemlich unwohl. Weil ich mich mit nichts anstecken wollte, legte ich die Zeitung augenblicklich zur Seite und nahm stattdessen die «Schweizer Illustrierte» zur Hand, auf deren Titelseite der Tod von Michael Jackson verkündet wurde. Ich spürte: Das war kein gutes Omen.

Tatsächlich stand auf Seite 54: «Achselhaare sind nicht nur unästhetisch, an ihnen haften auch Bakterien.» Das war nun echt zu viel. Mein Tag war, na ja, im Arsch. Umgehend schaltete ich wieder den Fernseher ein und suchte nach dem TV-Doktor Dr. Samuel Stutz, damit er mir etwas Beruhigendes raten möge wie «Wenn Sie eine Bakterie in Ihren Achselhaaren entdecken oder einen Eierschwamm in Ihrem Schuh erwischen, dann lassen Sie sich am besten sofort von einem Arzt untersuchen.» Aber mit Fernsehdoktoren ist es wie mit dem Geld Ende Monat: Wenn man es wirklich braucht, ist es nicht da.

Ich war verloren. Niedergeschlagen versank ich ins Sofa, schloss die Augen, und im Dunkel des Elends sah ich den Film meines Lebens an mir vorüberziehen. Ich als Kind vor einer Geburtstagstorte, ich als junger glücklicher Vater und wie ich noch am vergangenen Wochenende mit meiner Liebsten einen Ausflug ins Berner Oberland genoss. Das alles würde nun zu Ende gehen. Trübselig schleppte ich mich ins Badezimmer, versöhnte mich edelmütig mit der Brause und betrachtete mich ein letztes Mal vor dem Spiegel.

Da juckte es mich in meinem Bauchnabel, und als ich mich dort kratzen wollte, stiess ich auf etwas Kleines, Hartes. Und ehrlich, ich schwöre beim Seelenheil meiner beiden Grossmütter: Da war eine Zecke! Ein Killer aus dem Berner Oberland! Obwohl ich mich jetzt erst recht todgeweiht fühlte wegen dieser Zecken-Enzephaledingsbums, zerrte ich mit einer Pinzette das Viech derart grob aus meinem Fleisch, dass es zu bluten begann.

Und siehe da, o Wunder: Das ist jetzt drei Tage her, und ich lebe immer noch.

— **Juli 2009** —
Diese Geschichte klingt vielleicht wie an den Haaren herbeigezogen.
Ist aber wahr, ich schwörs.

Das ewige
Hin und Her

Im Dorf, wo ich wohne, ist zurzeit die Hauptstrasse gesperrt, weil deren Belag neu gemacht wird und all die Sachen, die Strassenarbeiter tun, wenn sie an der Strasse arbeiten. Aber das vergesse ich immer wieder und komme dann regelmässig vor der Fahrverbotstafel zum Stillstand. Na ja, denke ich dann, das ist nicht halb so schlimm wie in Zürich, da bin ich letzthin wegen einer Grossbaustelle in Schwamendingen statt in Höngg gelandet. Hier aber kann ich einfach umkehren.

Was ich auch letzten Samstag getan habe. Ich wendete wie immer mein Auto, doch ich kam nur bis zum Dorfplatz, denn dort standen drei Männer und riefen lauthals: «Kehr um!»

«Da komm ich gerade her», rief ich zurück, «das geht nicht!» Erst schauten die Männer etwas verdutzt. Dann streckte einer von ihnen den Arm in die Höhe, holte tief Luft und brüllte: «Doch du kannst! Heute noch! Kehr um zu Gott!»

Wie sich herausstellte, waren das keine Belags-, sondern Bibel-Arbeiter, Mitglieder einer freikirchlichen Luzerner Christengruppe, und sie erklärten mir haargenau den einzig richtigen Weg der Umkehr, der mich geradewegs in den Himmel führt: Tritt aus der Kirche aus (alles Humbug), halte dich an die Bibel (da steht alles drin) und erkenne Gott (im Herzen).

Da musste ich natürlich nachfragen. Und tatsächlich: Juden und Moslems kommen nicht in den Himmel. Auch keine Hindus, keine Daoisten, Taoisten und Maoisten und nicht mal kirchentreue Christen. Weil die alle nichts begriffen haben. Die drei Männer wussten: Nur wer wie sie die Aufopferung Jesu annimmt, schaffts ins Reich der ewigen Glückseligkeit.

Nun mag es Zufall sein oder Absicht, aber mitten in unserem Gespräch ertönten aus der Kirche (der katholischen) heraus wie zur Mahnung dröhnende Orgelklänge. Es war, als wollte der Organist verkünden: «Glaub ihnen kein Wort! Wenn du ewig leben willst – komm zu mir!»

Und ich erkannte, dass es wohl ziemlich langweilig würde, wenn ich den Rest der Ewigkeit alleine mit den drei Bibelfreunden im Himmel verbringen müsste. Ich beschloss deshalb, weiter geradeaus zu fahren.

Doch was sah ich zwei Dörfer weiter? Einen Stand der Scientologen, wo auf grossen Lettern geschrieben stand: «Kehr um!» Als ich am Abend wieder nach Hause kam, lag in meinem Briefkasten ein Prospekt der Jesus-Freaks (die gibts tatsächlich), und was war wohl ihre Botschaft? Genau!

Zwei Tage später klingelten zwei Zeugen Jehovas an meiner Tür. Noch bevor sie etwas sagen konnten, ergriff ich das Wort und rief: «Kehrt um! Und lasst mich weiter meinen Weg nach vorne gehen!»

— **August 2009** —

Vorgestern liefen mir vier Zeugen Jehovas über den Weg.
Sie waren sehr freundlich und wollten mit mir reden.
Ich sagte: «Wollen Sie mir einen Gott verkaufen? Danke, ich hab schon einen.»

Wie man richtig im Leben steht

Manchmal blättern meine Freundin Anita und ich gemeinsam in Magazinen und Illustrierten und kommentieren uns gegenseitig, was wir sehen. Beziehungsweise zu sehen glauben. Letzten Montag betrachteten wir eine Partyberichterstattung mit den üblichen Bildern von Prominenten, die uns wie immer gut gelaunt entgegenblickten. «Das isch e Härzigi», sagte ich und tippte mit dem Finger auf das Bild einer Fernsehmoderatorin, die mit leicht gekreuzten Beinen auf einem roten Teppich posierte.

«Das ist ein Manhattan Crossing», sagte Anita. «Nein, das ist Annina Frey», entgegnete ich, aber meine Freundin zeigte bloss auf Anninas Beine und meinte: «Ich rede von der Beinpose.»

Beinpose – Manhattan Crossing … Das war wieder so ein Moment, in dem meine kleine heile Welt unvermittelt in sich zusammenstürzte. Herrje, es gibt Namen für die Art, wie man dasteht! Bisher dachte ich immer, dass wenn man wie Annina Frey mit gekreuzten Beinen und den Händen im Rocksack posiert, bloss mitteilen will: Komm mir nicht zu nahe. Jetzt aber erfuhr ich: Das heisst Manhattan Crossing.

Ich wusste zwar, dass berühmte Leute einen Stil- und Stehberater engagieren, aber ich dachte immer, das sei dann irgend so ein spindeldürrer Mann, der im rosa Hemd mit den Armen fuchtelt und seinen Klienten Dinge sagt wie: Stell dich doch mal hin wie Paris Hilton letzte Woche am Wiener Opernball.

Jetzt aber stand ich mit abgesägten Hosen da. Ich brauchte dringend Stil. Ich musste meinem Dasein auf zwei Beinen einen Namen geben. Logisch also, dass ich dieser Sache nachging.

Ich lernte: Das Standbein senkrecht und das Spielbein leicht angewinkelt nach vorne gestellt: Diese Pose heisst Tornado Step. Das Standbein senkrecht, das Spielbein leicht zur Seite ausgewinkelt: Das ist der New Michelangelo.

Und ich? Ich habe mich bisher immer bloss gewundert, warum nie ein Auto anhält, wenn ich an einem Fussgängerstreifen warte. Und warum mir noch nie eine Frau um den Hals gefallen ist, wenn ich ihr ein vielversprechendes Lächeln schenkte: Man muss sich eben richtig aufstellen im Leben. Sonst läuft gar nichts.

Gesagt, getan: Ich ging aus dem Haus und stellte mich in einem perfekten Manhattan Crossing mitten auf dem Dorfplatz in Pose. Es vergingen keine dreissig Sekunden, da kam eine alte Frau auf mich zu und sagte: «Die Toiletten sind gleich da vorne.» «Danke», gab ich zurück, «aber was ich hier mache, hat nichts mit Harndrang zu tun.» Die alte Frau schaute mir tief und forschend in die Augen. Dann sagte sie: «Sind Sie nicht Annina Frey?»

— **September 2009** —

Immer wieder schön: «Da steh ich nun, ich armer Tor, und bin so klug als wie zuvor.» Hat Goethe gesagt. Ich schliesse mich dem an.

Am After-Work-Apéro

Letzte Woche hatte ich geschäftlich in Zürich zu tun. Nach der Sitzung ging ich meine Freundin Anita vom Büro abholen, sie arbeitet in Zürich. Und weil ich es schon mal in die grosse ferne Stadt geschafft hatte, gingen wir zur Feier des Tages mit ein paar Kollegen in den After-Work-Apéro. So nennen Zürcher ihr Feierabendbier.

Wir gingen also in ein schönes hippes Restaurant, dessen Inneneinrichtung ebenso aufgebretzelt war wie die Gäste, die sich vor ihren bunten Drinks mit allerlei Oliven und Cocktailkirschen drin betont entspannt und lässig miteinander unterhielten. Die Musik war viel zu laut, dafür modern, aber immerhin: Man durfte rauchen. Und die Gäste waren alle so dezent dunkel angezogen, dass man hätte meinen können, sie wären auf einem Hochzeitsfest. Oder auf einer Beerdigung. Ich mit meinem hellblauen Jenny-Edelweisshemd war dagegen definitiv ein Exot. Entsprechend sorgte ich allein durch meine Anwesenheit für Aufsehen beziehungsweise leichte Verwirrung.

Ich beschloss, eine Runde auszugeben, nahm die Bestellungen entgegen und begab mich zur Theke, wo der Barmann, wie es sich wohl gehört, gerade damit beschäftigt war, Gläser abzutrocknen. Ich tat ihm meine Bestellung kund und entdeckte dabei ein Schild, auf dem stand, dass man hier nicht an den Tischen bedient werde. «Dann muss ich wohl hier warten, bis du fertig bist», sagte ich heiter zum Barmann, doch der blieb so trocken wie seine fertigen Gläser: «Das würde ich Ihnen empfehlen.» Aha. Nun gut.

Ich ging zu unserem Tisch zurück und wartete, bis sich der Barkeeper endlich bemüssigte, seine sauberen Gläser wieder mit klebrigem Zeugs zu füllen, und als ich bezahlen wollte, war mein Portemonnaie nicht mehr in meiner Gesässtasche. Ich ging also nochmal zum Tisch zurück, um zu fragen, ob jemand mein Portemonnaie gesehen habe, als Anita bemerkte, dass ich es beim Bestellen auf der Theke habe liegenlassen. «Ah, dort liegt es ja», sagte ich bloss und ging wieder an die Bar.

Der kleine Vorfall löste bei unseren Zürcher Freunden helles Entsetzen
aus. Sätze wie «Jesses Gott, wie kannst du nur» und «da hast du aber Glück gehabt» brandeten mir entgegen, aber ich wusste nicht genau, wo das Problem lag: Dort, wo ich wohne, ist das nichts Aussergewöhnliches. Und abgesehen davon: Als ich die Drinks bezahlt hatte, war mein Portemonnaie sowieso leer.

Was ich mit dieser Geschichte sagen will? Eigentlich nichts Besonderes. Manchmal bin ich einfach froh, dass ich auf dem Land lebe. Ach ja: Meine Freundin meinte, ich sei jetzt in dem Alter, in dem man anfängt, schusselig zu werden.

— **Oktober 2009** —
Umgekehrt: Die Journalistin Daniele Muscionico von der «Neuen Zürcher Zeitung» schrieb im September 2019 über den Alpabzug in Ennetbürgen. Sie fand es unterhaltsam, dass bei uns die Kühe auf die Strasse scheissen.

Gwundrige Vögel

W ie Sie vielleicht wissen, beherberge ich in meinem Wohnzimmer vier Wellensittiche. Im «Handbuch für Wellensittiche» steht, diese Vögel seien aufgeweckte kleine Federviecher, die exzellent fliegen, prächtig singen und vor allem stets gwundrig alles anknabbern. Zugegeben: Pfeifen können meine Wellensittiche ganz gut, vor allem dann, wenn ich im Fernsehen in Ruhe einen Film schauen möchte. Aber meistens sitzen die Vögel einfach auf dem Birken-Ast, den ich für sie aufgestellt habe, und gucken vor sich hin. Den ganzen lieben langen Tag. Hin und wieder fliegen sie von einer Ecke zur andern und gucken wieder vor sich hin.

Ich habe schon alles probiert, sie zu den neugierigen Vögeln zu machen, die sie laut Handbuch sein sollten: Mit Spielzeug, Kletterseilen, Plastiktieren, manchmal spiele ich ihnen alte Jazzplatten vor. Aber das nützt alles nichts. Einmal wollte ich sogar in der Apotheke Bachblüten-Notfalltropfen für Vögel kaufen, aber dort gab es bloss Notfalltropfen für Hunde, Katzen und Pferde im Angebot.

Warum ich Ihnen das erzähle? Weil ich mich letzten Mittwoch mit einem Kollegen zum Mittagessen in einem Restaurant verabredet hatte. Ich brachte ihm ein Heft mit, das in unserer Küche doppelt auf dem Tisch lag, doch als ich es ihm überreichen wollte, merkte ich, dass ich beide Exemplare eingepackt hatte. Es war ein tolles Heft über polare Regionen mit einer fliegenden Küstenseeschwalbe vorne drauf und vielen spannenden Geschichten drin. Spontan streckte ich deshalb das zweite Magazin dem Herrn entgegen, der am Nebentisch sass, und sagte: «Wotsch es tolls Heftli?»

«Neiiiiin», sagte dieser schneller, als er überlegen konnte, und zog seine
Arme schützend über seinen Kopf. Ich war etwas ratlos und wagte
einen zweiten Versuch mit nüchterner Information: «Das kostet nichts,
ich bin kein Zeuge Jehovas, und du kannst grossartige Pinguinbilder
anschauen.» Er wollte trotzdem nicht. Da musste ich natürlich an meine
Wellensittiche denken. Die sind wie der Herr am Nebentisch: In erster
Linie betrachten sie alles Neue als gefährlich, und Neugier ist allen fünfen
ein Fremdwort.

Das brachte mich auf zwei Ideen: Das Heft nahm ich wieder mit nach
Hause und legte es aufgeschlagen auf den Stubentisch: Jetzt können die
Wellensittiche tolle Pinguinbilder anschauen (und sehen, wie schön
sie's in meiner warmen Stube haben). Und in der Apotheke kaufte ich ein
Fläschchen Notfalltropfen für Pferde. Das trage ich jetzt immer auf
mir: Damit werde ich in Zukunft Menschen ansprayen, die nicht neugierig sind.

— **November 2009** —
Beschimpfungs-SMS vom Oktober 2019 auf eine negative CD-Besprechung:
«Christian, du hast nie in deinem Leben ein Instrument beherrscht.
Du hast nie Musik gemacht und befrechst dich Kommentare zu schreiben.
Bleib bei deinen Leisten ... schreib über Wellensittiche, das kannst du.»
Danke für die Blumen.

Weihnachtsgutscheine

Vielleicht ist es gar ein bisschen schwierig, zum Fest der Liebe nur so mit Liebe um sich zu werfen. Dass man zum Beispiel zu jemandem hingeht, den man vorher noch nie gesehen hat, und ihm oder ihr freimütig und ohne Umschweife sagt: «Ich liebe dich.» Obwohl Weihnachten ja eigentlich genau das sein sollte: Ein Fest, an dem man Liebe spürt und vor Liebe sprüht. Aber klar: Ausgerechnet die drei magischsten Worte zu Wildfremden zu sagen, ist mir zu starker Tobak.

Und dass mit Weihnachten, so wie ich das verstanden habe, auch ein Fest der grossen universellen Liebe gemeint ist, weiss ich zwar. Aber das zu verstehen, fällt mir noch schwerer, als irgendwelchen Leuten «Ich liebe dich» zu sagen.

Trotzdem gefällt mir die Idee, zumindest darüber nachzudenken, in welcher Form ich mit Menschen, die ich nicht kenne, in Liebe verbunden sein könnte. Dabei bringe ich es zwar auch nicht übers Herz, die besagten drei Worte auszusprechen. Aber manchmal, wenn ich jemanden anschaue und mir diese Worte denke, passieren sonderbare Dinge. Dann wird mir zum Beispiel klar, warum ich jemanden mag oder warum nicht. Und manchmal kommt mir sogar eine Idee in den Sinn, wie ich Letzteres ins Positive verwandeln könnte.

Deshalb möchte ich natürlich mehr wissen und erfahren über die Liebe. Sowohl über die Liebe gegenüber «meinen Lieben» als auch Menschen, die ich nicht kenne oder die ich nicht mag. Und aus diesem Grund habe ich mich entschlossen, diese Weihnachten Gutscheine zu verschenken. Exakt zehn Stück.

Der Trick: Sie haben alle etwas mit Liebe zu tun. Auf einem steht zum Beispiel: «Ich werde sofort nicht mehr sauer sein auf dich.» Auf einen anderen habe ich geschrieben: «Gutschein für eine grossartige Umarmung – jetzt!» Oder: «Heute darfst du mit mir anstellen, was du willst – ich werde nicht widersprechen.» Ein ganz schwieriger: «Solange ich heute mit dir rede, werde ich nicht „Ja, aber" sagen.»

Ich musste ganz schön lange studieren, bis ich zehn solche Gutscheine zusammenhatte. Und noch mehr musste ich darüber nachdenken, wem ich welchen Gutschein schenke. Denjenigen mit der grossartigen Umarmung schenke ich jemanden, den ich noch nie vorher gesehen habe. Und den, nicht mehr sauer zu sein, übergebe ich jemanden, mit dem ich immer wieder in Streit gerate.

Und weil die grosse, universelle weihnachtliche Liebe das ganze Jahr über gelten sollte (korrigieren Sie mich, aber das hat das Christkind glaubich gemeint, als es auf die Welt kam), also weil das das ganze Jahr über gelten sollte, werde ich die Gutscheine erst im Verlauf des Januars überreichen. Bis nächste Weihnachten werde ich dann sehen, wer seine Bons eingelöst hat.

— **Dezember 2009** —

Der Gutschein für eine grossartige Umarmung wurde leider missverstanden. Und der mit dem «Ja, aber» war zu meinem eigenen Erstaunen wesentlich anspruchsvoller, als ich gedacht hatte.

Impressum

November 2019

Herausgeber: Christian Hug, Stans
Autor: Christian Hug, Stans
Lektorat: Anita Lehmeier, Stans
Gestaltung: Jacqueline Rohrer, syn gmbh, Stans
Korrektorat: Agatha Flury, Stans

© 2019 Hug, Christian
Herstellung und Verlag:
BoD – Books on Demand, Norderstedt
ISBN: 9783746018898